飞花之梦

《飞花之梦》

《飞花之梦》

作者：谢路

2018 年由电书朝代制作发行

美国 Ingram Content Group 旗下之 IngramSpark 随需出版，推广销售

电书朝代 (eBook Dynasty) 为澳大利亚 Solid Software Pty Ltd 经营拥有

网站：http://www.ebookdynasty.net/

电邮：contact@ebookdynasty.net

目录

《飞花之梦》

序曲

啊……

在河滩边的小岛上，在那池小水深的池塘边，在池边的芦苇丛中，林国邦抱着林森冰冷的尸体，发出了这一声痛彻心扉的哀嚎。

仿佛被冻僵了一般的天壁，裹上了一层浑浊暗淡的云絮。太阳已不再活跃，像一个行将就木的老者，苟延残喘般放慢了步伐，躲在黯淡的云层后，身影晕染成了一片淡淡的黄斑。

一阵寒风冲来，犹如一个正急速赶往刑场的刽子手，匆匆而过，使得冷雾紧锁的池面上波浪层起，一层层地拍打着岸边的沙石。沙石上，枯黄的苇叶低垂着头，在寒风这个刽子手的鞭笞下呻吟。

寒风冲到苇荡深处，惊起一只河鸟。河鸟无力地挥动着翅膀向上游飞去，苍老的喉咙为此地留下了一串嘶鸣。它越飞越远，身影逐渐淡化成一个黑点，最终被远方暗淡苍茫的云层所吞噬。

林森死了！

林国邦怎么也没有想到自己引以为傲的儿子就这么死了！

林森自杀了，林国邦这样认为，肯定而又坚决！他根本没顾上细问那个儿子自杀唯一的见证者——疯乞丐。当他从悲痛中醒转，想找那人多问问儿子死时的情景时，对方已经不知到哪去了。他找遍了整个芦苇荡，也没有找到那个疯乞丐。可能他再也找不到这个人了，可能这个人已经离开了小镇，到别处躲避浪荡去了，要到多年后才会再次归来。

此时的林国邦不会想到，自己的儿子林森其实不是自杀，而是被谋杀了。

此刻不明真相的他只想对那个疯乞丐说声谢谢，谢谢他把儿子的尸体从水里捞上来。可是他找不到那个疯乞丐了，他只能独自把儿子背到医院，可这也救不活儿子的命。医院不愿在已死去的人身上浪费工夫，冷漠无情地责令他赶紧把尸体背走，回家准备后事。

林国邦无可奈何，只好又把儿子背回家中。这时，平时不愿与他来往的邻居们也都放下嫌隙来了，他在这些邻居的帮助下，为儿子举行了葬礼。

有人劝他为年幼未婚的儿子配冥婚，他本来不相信这一套，可架不住左邻右舍的轮番劝导，还是同意了。热心的人纷纷发动自己的人际关系，为他去找适合冥婚的早夭女孩。费了许多唇舌打听，终于找到了一个，不过那个女孩十年前就下葬了，是在马路上玩时被一个喝醉酒的司机给撞死的。

那个女孩姓韩，死时只有五岁。生母已经改嫁外地，音信全无。她父亲也在幼女横死和妻子离去的双重打击之下愤怒出走，至今未归，死生未知。女孩家里如今只剩几个远房亲戚，那些亲戚中也有古板守旧之人，见有人来说，觉得也是阴德一件，便也同意了。

林国邦已经被不幸击垮了，他完全没有了解那个要和自己儿子举行冥婚的女孩的家庭情况，就听任邻居一手操办了一切。他不知道儿子愿不愿意这门亲事，也不知道那女孩愿不愿意，他只知道那个将在另一个世界成为自己儿媳的不幸女孩姓韩，他只知道儿子和那个女孩就合葬在自己亡妻的墓旁，其他的，他全然不知，也无心知道。

林国邦不会料到，来年清明，当他一个人去为这三个亲人扫墓时，会在儿子坟前见到一个十五、六岁的男孩也在祭奠他的儿子。他会在经过询问后知道，那个男孩名叫运文，是他儿子生前的好友。他会和那个男孩随便聊几句儿子的事，然后就送那个男孩先走，只留他一个人在坟前枯坐。之后，他会为两座坟茔添上新土，随即下山。

路上，他会遇见一个十五、六岁的女孩，那女孩也将是独自一人。从女孩手里提的东西，他会看出来女孩也是到山上扫墓的。他不认识那个女孩，也就不会多加留意，只会在无意中瞥见那个女孩脖子上用红绳系着一枚玉刻的蝴蝶。

也许，他之后会遇到第三个十五、六岁的女孩走在去扫墓的路上。他同样不会想到，那个女孩正是儿子林森死前最不愿辜负的人。他会和女孩擦肩而过，彼此连一个眼神的交流都没有。

此后数年，林国邦会多次想再见到那个将儿子尸体从水里捞出来的疯乞丐，可始终无缘见到。或许，在多年之后，当他再去为自己的家人扫墓时，会在儿子和儿媳合葬的墓前遇到自己儿媳的生父，并从那人手中接过一枚上刻"勿忘我"三字的戒指，然后流着泪，听一个发生在儿子身上的遥远的故事……

《飞花之梦》

第一章

那是初秋的一天傍晚，残阳低低地伏在西方群山之后，只露出一双仿佛哭红了的泪眼最后窥视着小镇。晚风轻拂，吹得树叶沙沙作响。街道宛若一脉河道，承载着奔腾不息的车流和人流。河道里声音嘈杂，如惊涛拍岸般此起彼伏，不绝于耳。

林森放学回家，走在路上，心中思索着给贾校长写意见书的事。他走进了一条狭长的小巷，小巷一共两户人家，分列巷头和巷尾，却都大门紧闭。他正低头走着，听见前边靠外墙堆积的一人多高的砖块后嘤嘤噎噎似有小孩哭声，就快步上前探视，却望见了一个四、五岁的小女孩和一个乞丐。

那个乞丐看起来足有五十多岁，穿着不知从哪个垃圾堆里捡来的极不合身的破衣服，衣衫褴褛，上面布满了大大小小的洞。再加上他那像一团纠缠不清的铁丝一般堆积在头上的灰白交杂的头发，显得他更像是一个张牙舞爪的恶鬼。至于他的脸，上面皱纹横生，藏污纳垢，如同干硬的核桃皮。而他黝黑的左臂上还有一片显眼的凹痕，像是曾被人狠狠地咬了一口。

林森最后望向他的眼睛，他的眼睛深陷在两道浓眉之下，目光显得深邃而又冷漠。此时，他正用那双眼睛一动不动地盯着小女孩，跪在地上用两只手紧紧地掐住小女孩的双肩，口中半是命令、半是哀求的对着小女孩喊："你快唱啊！唱出来，我给你糖吃，你快唱啊！"

小女孩被他的样子吓坏了，脸上全是泪水，口中却吓得出不了声。

"你干嘛？"林森冲那个乞丐喊道。

那个乞丐听见旁边有人，转过头看了林森一眼，脸上顿时泛起了傻笑，说道："我在教她唱歌呢，可好听的歌了。"

林森不理会这句话，上前从他手中扯出了小女孩，对他道："你快走，再不走，我可喊人了。"

那乞丐听后却毫无反应，林森只好道："好，你不走，我们走！"

　　说罢，用手拭去了小女孩脸上的泪水，问清了她家在哪，就牵着小女孩的手送她回家。走到巷口时，他又回头看了一眼那个乞丐，远远看见对方仍旧跪在地上，正一脸傻笑地盯着自己。

　　"真是个疯子！"林森小声道，又问那个小女孩叫什么名字。

　　小女孩此时已经不再害怕，说自己大名叫高雪霞，小名叫豆豆。林森听后，又问她放学后为什么不回家，还和那个疯乞丐待在一起。小女孩回答说，自己平时上下学都是和姐姐一起，但今天放学后等了很久，姐姐都没来接自己，所以她就独自回家，走到那个小巷时，被那个疯乞丐给拦住了。

　　疯乞丐给她唱了一首歌，让她学着唱，还说她会唱了就给她糖吃。她不唱，疯乞丐就不让她走，所以她吓坏了，多亏林森此时正巧路过。林森听后很觉诧异，又问小女孩，那个疯乞丐教她唱的什么歌。小女孩答说自己没听清，也忘了怎么唱。林森就不再多问，一路牵着小女孩的手，送她回家。

　　走了一段，小女孩不时地抬头望林森一眼，似是有话要说，又不敢开口。她纠结了许久，终于忍不住道："其实今天，我知道姐姐不会来接我……"

　　林森觉得好奇，追问她为什么这样说。小女孩戚戚然道："今天来上学时我和姐姐一起，路上我们吵架了。她说我人小脾气大，我就骂她丑八怪，说她一辈子也嫁不出去。她就生气了，说以后不送我上学了，我也生气了，说我不需要她送，以后我上下学都一个人走。她说那好，今天下午放学你就一个人回家吧，我不管你了。我说我也不用你管，然后她就生气不理我，把我送到学校门口，她就走了……"

　　林森听完后"哦"了一声道："原来是这么回事，怪不得！豆豆，你这样可不好。你还小，一个人走很危险。回家跟你姐姐道个歉，以后还让她送你上下学，知道吗？"

　　小女孩道："其实我下午在学校时就不生气了。我不该那样骂我姐姐的，我们老师都教我们骂人不好。"

　　"对，骂人不好。回家给你姐姐说声对不起，好不好？"林森说。

小女孩爽快地答应了一声"好"，脸上渐露喜色。

两人一路来到小女孩家门口，见门紧闭着。正欲上前，门却兀自开了，一个女孩推着自行车从里面走出。林森定睛细视，见那人竟是自己的同班同学高雨霞。他正在惊异，小女孩却已松开了他的手，扑到了高雨霞腿上直叫"姐姐"。

林森恍然大悟，笑道："怪不得，原来你就是她姐……我早该想到。高雨霞，高雪霞，这明显就是姐妹俩嘛！"

这席话说得高雨霞一脸疑惑。她将自行车靠在门上，抱住妹妹，问林森怎么会送自己妹妹回家。

林森对着豆豆头一点道："你让你妹说。"

高雨霞把目光转向自己妹妹，豆豆就断断续续地把整件事给姐姐叙述了一遍。高雨霞听后对林森连声称谢，又自责不该丢下妹妹不管。

林森正要劝，一旁豆豆道："姐姐，都是我的错，我不该骂你。对不起，以后我再也不骂你了。"

高雨霞听后，欣慰地在妹妹脸上摸了几下，又抬头望着林森，粉脸微红道："我其实就是一时气不过，放学就回来了。想着快点回来，让我爸妈去接她，谁知到家一看我爸妈都不在家。等了一会儿，也不见他们回来，所以正准备骑车去接她，你们就回来了……我也不对，不该跟小孩斗气，她才几岁啊……"

林森微笑点头不语。三个人静默了片刻，高雨霞突然意识到什么，忙拉着妹妹请林森到自己家里坐坐，喝口水。豆豆也在一旁帮腔，林森连忙推辞，说时候不早了，自己也得回家，就不进去了。说罢，不顾她们姐妹俩的劝留，转身大步走了。

走出那条街巷，他才放慢脚步，回想刚才的情景，心中很觉有趣。他平日比较腼腆，很少和不相熟的人说话，和高雨霞同班过多年，也没怎么说过话，不想今日有这场遭遇。他觉得以后得多和高雨霞接触了，这样想着，不知不觉就回到了家。

第二章

　　林森家坐落于镇郊，房子右面是一片种满杨树的宅基地，左面是邻居的空宅。回到家，他在镇塑料厂当下料工人的父亲林国邦已经下班，在家里把晚饭做好了。像以往一样，林森对他极其冷淡，放下书本后就坐在沙发上把饭吃了，然后独自回房，打开台灯做起了作业。

　　夜悄悄地降临了，像一片黑幕般把林森的房间窗户遮盖了起来。房间里，台灯柔和的灯光把他的身影映在墙上。四下一片沉寂，只有钟表指针走动时的滴答声和笔尖在纸页上迅速划动时的沙沙声。林国邦出去了，他经常在夜里外出。林森知道，他是去和人打牌或者喝酒了。

　　林森的房间窗帘紧闭，因为他喜欢幽暗的环境。在他的床头放着一个相框，那里面存放着他母亲的遗照。多少个难眠的月夜，都是这张照片伴他度过的。而在他身后的墙上，贴着他写来激励自己的一副对联。上联为：四度寒暑，卧薪尝胆，三千越甲吞强吴。下联是：十载春秋，呕心沥血，八十章回传奇书。横批是两个大字：坚忍。

　　九点左右时，林森写完了作业，就收好课本，从自己的笔记本上撕下两页，平铺在桌上。提笔沉思片刻后，他挥笔在上面写起来。这是他写给贾校长的意见书，上面他指出学校领导经常说空话，对学生言而无信，还带头违反教师行为规范的事。写好后便折叠整齐，夹到课本里，准备第二天上学时再投到校长室门前的意见箱里。

　　做完了这些事，他便脱掉外衣，爬到床上。背靠枕头，身盖薄被，目光呆滞地盯着前面墙壁上映着的自己的身影。此刻，他感到脑海中一片空白，周围的一切都仿佛消失了一般，变得玄虚而又缥缈起来。

　　是时间停止流动了，还是空间暂时定格了？他都不得而知，就像他不知道自己究竟是谁一样。就这样，他呆愣了几分钟之后，才回过神。这时，他好像想起了什么事，转身把床边桌子的抽屉拉开，从里面拿出了一本厚厚的大书。

　　那是一本装帧精美的《红楼梦》，他随手翻到一页，开始默读，正巧是黛玉葬花的章节。读着微微泛黄的纸页上那充满诗情画意的文字，他仿佛也进入了大观园那楼阁重重的人间仙境之中。

满园春色已斑斓，绿水青山啼杜鹃。蝶粉轻沾飞絮雪，燕泥香惹落花尘。莺贪春光时时语，蝶弄晴空扰扰飞。这些富有意境的词句，在他的心中一行行闪过。

他读完几页后，便合上书，又转身在那个抽屉里摸索，摸出一支古旧的毛笔。墙上贴的那副对联便是他用这支毛笔写的。他拿着这支毛笔看了一会，悄然合上双眸，仰起头叹了口气，然后就陷入了绵延不断的回忆之中。他想起了这本《红楼梦》和这支毛笔以前的主人——邓老。

邓老名叫邓谷诗，是个退休的高中语文老师。先前住在林家隔壁，论辈分，林森得管他叫叔爷。他只有一个儿子，在厦门大学毕业后就留在了那个城市，所以家里只有他和他老伴陈姨过活。

邓老对林森格外亲善，把他当成自己的孙子疼爱。邓老喜欢读书，家中有个书房，里面藏着上千本书。因为邓老惜书如命，所以平时很少允许外人借阅，却对林森不加限制。在林森几岁大时，他就教林森识字念书，而且还教他练习书法。林森就是在他的悉心教导下，送走了没有母亲陪伴的童年时代。

几年的时光，林森读了几百本书。虽然读的多是一些小说和散文，而且他对书中的很多内容也不甚理解，但这还是让他的知识储量远高出别的同龄人很多，成了个早慧的天才少年。但是早慧往往伴随着早熟，林森也不例外。

在早慧而又早熟的林森十二岁那年，邓老的儿子在厦门已经站稳脚跟，拥有了一个薪金优厚的职位，还买了新房，要接他二老去那里住，以尽孝道。邓老本不愿去，可独子的美意又不可辜负，只得收拾行装，将房子交给亲戚照管，在一天清晨和老伴坐上载着家具和书籍的卡车，离开了自己的故乡。

临走前夜，他把林森叫到自己的书房里，让林森在满房物品中任选几件留作纪念。林森当时不假思索，就选了自己常读的那本《红楼梦》和经常用来练字的那支毛笔，也就是现在他手里所拿的。

《飞花之梦》

记忆真是个法力超群的巫师，它能把过去的情形展现在现在的事物眼前，也能把现在的事物放回到过去的情形之中，让人无法辨别自己是身处于过去还是现在。是在倾听死去的时间的心跳，还是在触摸活着的时间的脉搏？

几分钟的回忆，就像做了一场长达几年的梦。梦醒后，林森发现自己依然困坐在床上，周围的一切没有发生丝毫改变，只是墙上挂表的分针又动了几格罢了。他再次轻声叹口气，便把书和毛笔放回到抽屉里，随手按灭台灯，房间里顿时暗了下来。夜色透过窗帘的缝隙如潮水般涌入，浸没了整个房间。

夜已经深了，林森却怎么也睡不着，躺在床上辗转反侧。几道月光躲过窗帘这个卫兵，溜进房间，舒适而惬意地趴在他的被子上。这些月光白白的，软软的，嫩嫩的，像一个少女的胴体。

林森注视着这些月光，全身燥热难耐，像被投到了火炉里。他的脑海更是波飞浪涌，如煮沸的开水般上下翻腾。在这波峰浪谷之中，有个暗影在升降沉浮。那是一个人，一个女人，一个全身赤裸的少女。林森望着这个裸露的诱人躯体，呼吸急促，心跳加速，身下那柄尘根勃起，如气球一般急剧膨胀，仿佛要刺破他的内裤。

一阵痛苦袭来，如巨石一般压在他的心头。他褪去内裤，用手抓住那根昂扬而立的阳具，痛苦立时就减轻了些。他轻轻套动，痛苦逐渐消失，随之而来的是一种神秘的舒服感。那种舒服不可名状，说不清也道不明，像是一种在黄沙漫漫的荒漠里看到了一处绿树成荫、湖面如镜的绿洲时的神奇感觉。

林森细细地品味着这种感觉，像以往那样。渐渐地，他感到有团热气在自己的身下聚合起来，向他胀起的阳具上移动，仿佛要喷薄而出一般。于是他加快了手指套动的频率，呼吸随之急促，心跳也随之加速，脑中像出现了一块橡皮檫，将他思想的画板擦得一片空白。他忘记了一切，包括他自己。突然在一瞬间，他仿佛释放了全部精力。一团秽物射出，他顿觉百骨酥软，全身畅舒，但这也只持续了一分多钟。随后，林森便感到了一阵寒意，继之而来了几分空虚和无趣。

"我怎么又干这种没意思的事？"他不禁这样自问，"这真是……下流！低俗！混蛋！"

他这样说着就狠狠地打了自己一巴掌，声音在黑暗中听起来格外响亮，他被打的脸上立刻一阵疼痛。他起床擦干净下身后，就又躺下了。不久后，那铁一般沉重的睡意便冲他压了过来。

第二天清晨，林森被父亲叫醒。吃完早饭，出门到学校后，一直走到教学楼下，他才想起意见书的事，就又悄悄地折回到办公楼一楼校长室前。他见办公室门还未开，就偷偷拿出那封意见书投入了意见箱中，又四下窥视一番，确定没被人看见，然后就挂着微笑向教室走去。

在教室门口正巧与高雨霞迎面遇见，他先微笑着点了点头，轻声问她与豆豆和好没。

高雨霞脸上一红，低头道："昨天还没谢你，你就走了，晚上我妹还说你人好……"

林森见她如此说，忙道："没事没事，举手之劳。都是同学，谢什么谢，不用放在心上。"

然后又点了点头，就侧身进了教室。他走到自己位置坐下，正要拿出课本，却从桌斗里摸出了一盒牛奶。

盒上贴着一张便签纸，纸上有一行稚嫩的字：谢谢大哥哥，祝你开心每一天！后面的落款是豆豆。

林森看后不觉傻笑起来，回头往教室外寻找高雨霞的身影，却见她正站在一扇窗外和另一个同班女生闲聊，时不时地往自己的位置瞥上一眼。

林森会意，举着牛奶对她扬了扬手，高雨霞就侧过脸去不再望他，脸上却已飞红一片。林森坐下喝完牛奶，把盒子丢开，却留下了那页便签纸，夹在了书里。

中午放学后，林森正在收拾书本，小布来找他，又是问他小说写好了没。林森答说还差个结尾，小布让他快点，然后就走了。

小布大名叫薛五书，因这个名字长辈难叫，家里人就给他起了个小名叫小布。他和林森作文都写的不错，经常被学校的语文老师表扬，但谁都看不上谁。所以他们起个约定，两人各写一篇小说，一同投给一家《少年文艺》杂志，看谁的小说会发表。而小布的已经写好，林森的却还差个结尾迟迟未完成。小布来催了他几次，林森也烦了，不想再拖，准备当晚写好。

下午四节课上完，太阳已经潜伏到了山后。林森想在回家的路上再多构思一下自己那篇小说的结尾，就换了一条相对车少人少的安静路线回家。路过一个制作铝合金门窗护栏的店铺时，店门口的路被一辆载满钢材的卡车给占去了大半。

林森走到车后，看见几个店员正在那里紧张地卸货。他注意到其中有一个和他年岁相仿的少年，觉得那个少年像他幼时的好友唐运文，但又不敢确定，于是就试探性地喊了一声："运文？"

那个少年听见后放下手中的活，回头看了林森一眼，紧接着脸上凸显出一阵惊喜，张开双臂大笑着就往林森身上扑。

林森没想到这人真的就是唐运文，也激动地拥了上去。他被身材比他高大的运文拦腰抱起，在空中转了几圈才放下来。

"真没想到会遇见你……"运文嘻笑着对林森说。

"我也没想到是你。上初一那年你家里出事后，你就不上学，出去打工了，后来听说你在郑州的一个超市里打零工，此后就再没听到你的消息了。你什么时候回来的？"林森说。

"回来有一段时间了，现在在这儿当学徒，学一门手艺。"运文说着朝身后的店铺一指。

林森看到他的手上布满了黑色的老茧，不禁一阵心酸。

林森本还想和他多聊一会儿，可这时运文的老板出来，站在店铺门前对他大声嚷起来："运文，你小子又偷懒在那闲聊天是不是？没看见还有半车钢材没卸下来，你他妈是不是以为这路是我家修的，能堵半天没人管。我告诉你，想接着在这干就赶紧给我滚回来搬，不想干就早点滚！"

听完这些话，运文有些恼怒，但他又不敢和老板对着干，只好尴尬地笑笑，对林森道："小森，你先走吧，晚上去我家找我，咱们再接着聊，我这得忙去了。"

林森听后点了点头，表示理解他。运文就转身又去卸货了。

林森望着他那劳作的背影，听着那老板辱骂他的声音，心情沉重万分。他不想再留在这里让运文难堪，轻叹一声，起身欲走，忽又想起一事，回头问运文道："运文，你没有搬家吧？"

运文扛着一根沉重的钢材回答说："没有，还是老地方。"林森听后点了几下头就离开了。

回到家，吃完晚饭，他正准备出门，忙着收拾碗筷的林国邦开口问他去哪。"出去有事！"他冷冷的回答，便穿过院子，拉开家门上了街。

第三章

　　夜，像黑色的藤蔓，从天际蔓延开来，攀满整个天壁。根茎纠缠，枝头上缀满了点点的小花，那是一颗颗闪烁的明星，在夜风中摇曳。一弯眉月从东方升起，身披橙红色的霞衣，宛若一位娇羞的少女，沿着天边的阶梯，拾阶而上，款款独行。

　　林森穿街走巷，来到了运文家所居的那条旧巷。旧巷口还存留着清朝末年建的牌坊，近百年的风雨侵蚀，牌坊早已残损破败，连同它后面的旧巷一样像是一个老态龙钟的老头。

　　借着路灯散发出的昏黄的灯光，林森边走边留意那街巷的形貌。他已经有好几年没有来过这儿了，现在故地重行，他发现这条旧巷和几年前一样，没有太大的变化，依旧是那副深沉的面孔，只不过现在显得更加老态龙钟罢了，但生活在它躯体里的生灵却变化极大。几年的时光，只在它的脸上添了几丝皱纹，但在运文他们身上却进行了一番改造。

　　一样的日升月落，一样的昼明夜暗，不一样的却是发生的改变。日月交替事物恒远，人却在不停的变化，或许是因为人不仅只拥有躯体，还有独特而唯一的灵魂吧！

　　林森凭记忆走到了运文家门前，抬头望去，只见两堵院墙中间穿插着的是两扇用几片破木板钉成的门。透过门缝，借着路灯辐射进去的灯光，可以望见空旷的院子正前方已经打好的地基和墙角下那几株杂草的暗影。院子左侧，蹲伏着两间刚盖好没几年的平房。其中一间的房门大开，有灯光从里面射出来。

　　林森站在门前，向院中高声喊叫运文的名字。运文应声从那间亮灯的房中走出，笑着请林森进去坐。林森跟着运文走过院子，进了房门，运文让他先坐会儿，自己便进了有门帘隔开的里屋，只留下林森一个人紧张不安地站在四壁萧然的屋中。这屋还是当年运文父亲在世时盖的，正房地基也已打好，正待动工，他父亲却突然亡故了，一切工程也都停了。竟再也没能重新开工，只留下这盖好的两间房在无情岁月之中，显示着这户苦难人家日渐的破败。

驻足四望，林森发现屋角的小凳子上还坐着一个人，这人大约十八岁的年纪，形容憔悴，身体瘦削，看起来像一根燃过的火柴梗。他的面色白里泛黄，枯涩的头发有些稀薄，里面还夹杂着几缕银丝，羸弱的背部也有些佝偻，像个小老头。此刻他正蜷缩在小凳上，低着头聚精会神地看一本复习资料，连林森进来都好像没发觉。

林森看着他，正在心中揣测着他是谁，运文就从里屋出来了，他换了件衣服，笑着对林森说："不好意思，我家和以前一样，连个坐的地方都没有。"

说着还朝四周扫视了一遍，脸上颇为尴尬。

林森急忙客气道："哦，没关系，咱们可以出去走走。"

运文说："好，出去也好。走，我带你去个好地方。"

然后便不由分说，拉着林森走出家门，上了街。

走在路上，林森问运文，屋里凳子上坐的那个男孩是谁。

"我哥运阳啊！怎么？不认得啦？"运文回答说。

"运阳？不会吧？"林森不禁诧异道。"就这几年，变化也太大了吧！怎么成了这个样子？"

运文说："学习压力太大呗！他已经是高三学生，明年就要高考，他不努力哪能行。明天要不是我一个表姐结婚，他都不应该回来！"

林森说："那也不至于这么努力啊！都快变成小老头了。"

运文满不在乎地说："没事的，别操心他，他就得这样努力才行，否则，对得起我妈在外头这么拼命赚钱供他上学吗？"

听完这话，林森禁不住问运文怎么成这个样子了。

运文说："我变成啥样子了？我不还是我自个吗？一点没变。"

林森说："不对。运文，你变了，变得有些冷。他可是你哥啊！"

运文说："我知道他是我哥，怎么了？"

林森彻底地无言以对了，只用怀疑的目光上下打量着他这个朋友。

"别这么盯着我！"运文发现他在盯自己时说。

"咱们去哪？"林森收回目光。

"说过带你去一个好玩的地方。走，在镇外河滩那儿。"运文说着便快步走到了前面。

林森紧随其后，目不转睛地盯着前方运文的背影，心中百感交集。

"运文，你变化太大了，难道几年的闯荡真的在你的心上包裹了一层石头般的桎梏吗？"他不禁在心中这样低语。

其实，林森不知道他的这些感伤是完全没有必要的，他自己也常常觉得生活就是这般。科学说世间没有鬼怪神灵，可每个人的生命中却仿佛真的存在着一个上帝。他身处冥冥之中，主宰一切，也引导着一切。他让我们生命中经历的一切都有一种说不清道不明的宿命感。我们的悲欢离合仿佛早已被写定，等着我们去经历，去回味。佛家说万物自有因果，凡事皆为前定。若果真如此，那生活还需要我们去悲天悯人吗？

要坦然地接受一切，任何事都有过去的一天，那时候，那些曾令我们痛苦的事，我们也许会笑着说出来，而那些曾令我们欣喜若狂的事，我们却会黯然泪下。总之，不要去指责生活的残忍，因为它并不总是残忍的，还会有快乐的时候。这是林森一贯的看法，可现在面对运文，他却把这些忘到了脑后，一味的痛斥生活对自己这位朋友的折磨与阉割，对此却毫无办法。

林森和运文走出了小镇，一路上他们很少说话。快到河边时，运文指着快速公路路口处的一个叫"夜来香"的小酒店对林森说："你看，就是那里。走，进去喝一杯，我请客。"

林森没有回话，心中却一阵刺痛。

"借酒精来麻醉自己，逃避生活，你这样跟我爸又有什么区别？"他这样想，侧头望了一眼运文，见他正在招呼自己，就随着他朝小酒店的正门走去。

走近时，林森听见从里面挤出了一阵嘈杂的音乐声和一群男生的吵闹声。透过玻璃门，他看见店里没有什么正经顾客，只有六、七个年龄和他差不多大的少年。

"哎，他们都在这里啊！"运文这样说着，就拉着林森推开玻璃门走了进去。

"唐运文，你小子也来啦？你真是属苍蝇的，哪有热闹，你小子就往哪凑。"他们刚进去，便有一个身穿黑色运动服的男孩冲运文叫道。

运文也不搭话，只摆出一个假笑，算是回应。

这时，又有一个红头发的男孩从柜台那里过来，看见运文，立刻嚷起来："真是运文啊！来来来，快坐快坐。哟，还带来个新伙计，也一起坐吧。"

他说着便走过来把运文和林森按在椅子上，然后拍着林森的肩膀对运文说："怎样？运文，快把你的这个哥们给弟兄们介绍介绍。"

运文显然跟这个男孩比较亲近，笑着站起来说："都别闹，他是我小时候的朋友。几年没见了，今儿个街上遇见，带他来这儿坐坐，叙叙旧。他叫林森，你们可别小瞧人家，人家可是个好学生，在学校门门功课全优的……"

运文还没说完，就被旁边的一个男孩打断说："哟，运文，你还有门门功课全优的朋友呢？"

这句话里满是嘲讽，运文听后瞪了那个男孩一眼，高声叫道："我说杆子，你小子是不是属狗的？"

那个叫杆子的少年没听出这句话的深意，还回运文怎么知道自己属狗。运文笑着骂道："废话，狗眼才看人低啊！"

他刚说完，旁边反应快的人就笑了起来，林森也忍不住偷笑几声。

杆子被羞辱得有些恼怒，想要发火，可耐不住旁边这么多人看着，忍了一会，只好开口道："得得得，算兄弟我啥都没说，我自罚一杯行了吧？"

他说罢就端起别人给他倒满的一杯啤酒，仰头一饮而尽，引得旁边众人拍手起哄，齐呼"再来一杯"。他却只是摆了摆手，坐在那，不再开口了。

这时，那个红头发的男孩从纸箱里拿起两瓶啤酒，潇洒的用牙咬开瓶盖后，递到林森和运文面前说："两位，酒场规矩，入场先干，来点如何？"

运文听后，一把夺过两个酒瓶，指着红头发男孩说："跟你们说过了，人家是好学生，你们还来这个？"

那个穿黑色运动服的男孩接口说："好学生怎么啦？好学生也有嘴有牙，也会喝酒。今天大家聚在这儿，那也是缘分，喝点酒怎么啦？能死人吗？"

说罢他又单对着林森道："如何？好学生，给哥们点面子。再说这也是酒场规矩，想入场就得先干为敬，你多少整几口。"

林森还未表态，运文凑上来低声问他："小森，你行不行？不行我替你。"

林森笑了笑，没有回答，站起来接过运文手中的一瓶啤酒，和他另一只手中的那瓶碰了一下，一口气喝掉了半瓶，赢得了一阵叫好声，运文也兴奋的把自己的那瓶全部喝完了。

林森坐下后，酒店里便重又热闹起来，乐音刺耳，人声嘈杂。他静静地坐在那里，漫不经心地望着眼前的这些人。这时，他听见那个红头发的男孩低声对运文说："运文，哥们过几天就要走了。"

"去哪？"这是运文的声音。

"广州啊，我可不想再待在家里啦。"那个男孩回答说。

"噢……"运文说完这个字后便沉默了起来。

"唉，运文，我劝你还是跟我一起去吧，总比你在那个破铝合金店里强啊！你说你在那里活又累，工资又少，还天天得受那个狗头老板的气，还是跟我去广州吧。"那个男孩说。

"不行，我不能去。我妈出去了，我哥在上学，家里只剩下我一个人了。我再一去，那家里就彻底没人了。"运文说。

"唉……运文，你真是……你放心好了，就你们家那点破东西，谁惜得偷啊！我告诉你，你走了，你家要是丢了啥，我赔你！"那个男孩的声音听起来有些不耐烦。

"我不是那个意思，我……算了，不说了。你的好意我心领了，但我实在是不能去。不说这些了，来，喝酒，喝酒！"运文说罢便和那个男孩碰了下酒瓶，一口气喝干了瓶中的半瓶酒。

林森望着他，鼻子有些发酸，心中更加同情他。想来他也不容易，家境本就不好，初一刚开学时，他父亲又因脑溢血去世了，只留下母亲和他，以及他那刚考入县高中的哥哥。为了供他这个哥哥上学，他母亲外出打工，在北京当起了保姆。他因为成绩不好，也不再耽误时间，休学回了家，经人介绍在超市当起了小工。

林森感觉自己和他就像从同一个端点射出的两条射线，却射向了两个不同的方向，导致今天越走相离越远。林森正想着这些时，却看见旁边的人都停止了吵嚷，抬头盯着酒店门外。他顺着这些人的目光向外望去，借着迷离的灯光，只见玻璃门被推开，又进来了两个人。

第四章

　　走在前面的是个衣着光鲜的男孩，吊儿郎当的，不成个样子。后面跟着的是一个十四、五岁的少女，她上身穿一件淡黄色外套，腿上是一条蓝色紧身牛仔裤，脚踩一双粉色运动鞋。她的头发很长，直直地垂在肩后。刘海也长，几乎把整个脸都遮住了。因而林森看不清她的面容，但她像极了林森的好友孟雨蝶。不仅外貌像，体型像，甚至连走路的步态都神似如一。所以林森不假思索便起身离座，对刚进来的这个女孩叫道："雨蝶！"

　　谁知这一声却引来了众人的一阵哄笑。

　　这时，那个女孩也来围坐在桌旁，林森方才知道自己认错人了，急忙道歉说："对不起，我看错人了。"

　　然后尴尬地坐了回去，把头藏进了酒瓶后。

　　可旁边的人却不依不饶地说："雨蝶？谁叫雨蝶啊？名字不错嘛！人长得如何？跟我们这位相比呢？"

　　听了这些话，林森把头埋得更低了。心跳加速，脸也烫了起来。

　　这时运文站出来替他解围："人家脸皮薄，你们就别再逗人家了，给我个面子。"

　　那个红头发男孩也开口相助道："对对对，都别说了。你们就是喜欢拿新人开玩笑！"

　　说完这句话，他又转向那个衣着光鲜的男孩说："唉，对了，你怎么和她一起来了？你们两个不会……"

　　话说到这儿，四周立时又响起一阵哄笑。那个男孩急忙开口解释："去去去，你们别瞎想。我们俩怎么可能呢？就是路上遇见的，所以一块来了。你说你们这都往哪想呢？一群人脑子里就跟种了菊花一样——一片黄！"

　　他话音刚落，另一个声音响起："没事，你紧张啥嘛？"

　　林森听出这是那个杆子的声音。

"杆子，你小子不想活了！就你他妈话多，再胡说，我把你扔到外面河里喂鱼。"那个男孩佯装发怒道。

"唉唉唉，这么大火气，自家兄弟开个玩笑怎么了？哪至于，谁不知道你喜欢那个叫王月月的女的。再说了，开你们玩笑，人家女方到现在还没搭腔呢，你激动个什么劲儿，这还辱没你的英名啦？你小子得了便宜还卖乖。"那个红头发男孩的这一席话，又引来了一阵哄笑。

"好好好，我怕了你们了。我罚酒，罚酒行了吧！"那个男孩说着便随手从桌上拿起半瓶啤酒，也不管是谁剩下的，仰头一饮而尽。

"唉，这还差不多。不过你本来就来晚了，得多罚点。"红头发男孩不放过他，又逼着他喝了半瓶啤酒才罢休。

众人又开始各自寻欢作乐，酒店里也更热闹了。唱歌的唱歌，喝酒的喝酒，玩牌的玩牌。过了许久，林森才重新抬起头，四下窥视一番，确定没有人再注意自己，他方才轻松地出了口气。拿起酒瓶呷了口酒，心中恢复了平静。

他想起刚才众人开玩笑时，那个女孩竟一言未发，不免好奇。急忙扫视周围，发现那个女孩独自一人坐在酒店角落的一把椅子上，旁边放着几瓶启开的啤酒，在那里慢慢呷着。这使林森更加感到好奇了，目不转睛地盯着她，反倒看清了她的面容——她的确和雨蝶很像！

她们都有一个鹅蛋脸，白皙红润。柳叶般纤细的媚眼中镶嵌着两颗宝石般的明眸，眼帘微闭，目光点点，稍显凄楚。"真是太像了，莫非这是雨蝶的表妹或者表姐？"望着她，林森不禁这样自问，然后就盯着她的身影愣住了，脑海中拿她和雨蝶做了番比较，最后却说不出她们两人谁更好，甚至把她们融合成了一个人……

林森被旁边玩牌的男生无意间撞了一下，回过神来，发现那个女孩正冷笑着盯着自己，就急忙把目光移向他处，脸却不自禁的红热起来。他一阵发窘，再次把头埋到了酒瓶后。透过酒瓶间的缝隙，他向那个女孩所坐的角落偷偷望去，见人家已收回目光，正在仰头喝一瓶啤酒，他这才敢露出头。

"她今晚是怎么了？一个人在那喝闷酒。"林森听见红头发男孩这样问那个衣着光鲜的男孩，觉得他们是在讨论那个女孩，就侧耳细听。

果然听见那个衣着光鲜的男孩回答说："我也不知道啊，在路上遇见她时她就这样了。她本来不知道要去哪的，我问她要不要来这里，她才来的。一路上我问她啥，她也不说，兴许是又受她后妈的气了吧！"

那个红头发男孩听后说："可能吧！她这后妈真是的，亏得她是个女的。她要跟我们一样，早他妈反击了！"

衣着光鲜的男孩笑道："反击？哈哈哈，你怎么反击？你说说。"

红头发男孩喝口啤酒说："不说别的，就她后妈要是敢没事找我麻烦，我就直接去厨房拿把菜刀出来，让她把刚才说的话再说一遍。我吓不死她！"

衣着光鲜的男孩说："行，你狠！那你干脆用这个办法去替她吓吓她后妈去。反正你也仗义，乐于助人，说不定她感动了，以身相许也说不定。"

红头发男孩说："你小子，满肚子坏水！"

衣着光鲜的男孩说："我觉得你俩挺合适的，要不凑合凑合得了，人家配你绰绰有余！"

红头发男孩急道："你小子小点声，让她听见！"

衣着光鲜的男孩满不在乎道："怕啥，又不是啥见不得人的话……唉！你看她这是要去哪？"

林森听了这句话，迅速向女孩望去，看见她正用手捂着嘴，飞快地向店门外跑。刚推开玻璃门冲出酒店，她便弯腰吐出了一地秽物，然后在那里干呕。结果店里这帮男生不仅没人去帮助她，杆子几个人还开始喝彩叫好。那个女孩像是早就看穿了这些人的嘴脸，也不计较，起步向远方跑去，消失在了店外的夜色里。

目睹这一切，林森没有细想，就起身走到柜台处，向正在小声谩骂女孩弄脏了自己门口的酒店老板要了瓶矿泉水和几片纸巾后，便在众人的笑声中出了店门，向那个女孩消失的方向追去。

林森循声在一丛长势茂盛的草木旁找到了她，女孩正俯身在那里干呕。林森悄声走上前去，用手轻轻地拍打女孩的背部。女孩侧头看了他一眼，接着呕吐。过了好久才直起身，林森急忙把纸巾递了上去。女孩没有反应，呆愣了几秒钟后，才用手接下，同时抬头又看了林森一眼，轻声说了句"谢谢"。

林森听后倒不好意思起来，用手指在头上搔了几下，看女孩擦好了嘴，又急把手中的矿泉水拧开，递了上去。女孩接过漱了漱嘴，便拧好瓶盖，低着头不说话了，像一只受伤的羔羊。林森本打算开口搭话，可这时酒店门前却传来了运文喊他的声音，无奈，他只得向那个女孩说了句"回见"，独自快步向酒店方向跑去。

运文正站在门前等他，他喘息未定的问运文有什么事。运文说夜已深了，要送他回家。林森忙推辞说不用，自己一个人能回去。运文却执意要送他回家，并让他先在门前稍等片刻，自己进去跟那些朋友打声招呼，告个别。几分钟后，运文出来了，他们准备起步离开，正巧那个女孩回来。林森和她在门口相遇，对着她笑了一下。她也还了一个微笑。林森从她的笑容中分明看出了几分欣喜。

夜的确已经深了。幽蓝的天壁像一泓水平如镜的清池，繁星宛若一朵朵盛开的白莲，漂浮在湖面上。一弯眉月像一叶采莲船，在莲花间荡动，那月光晕染的轻云散布在小船四周，好似荡起的柔波一般。街道上只有三三两两的行人在快步地走着，偶尔会看见一家卷闸门还未完全闭合的店铺里射出的灯光，像一个个贪玩未归的顽童还停留在路上。

林森和运文缓步走着，运文开口问林森这两年过得如何。林森答说还行吧。

运文又问："你爸还没给你找个后妈吗？"

林森回答没有。此时，林森心里只想着酒店遇见的那个女孩，于是逐渐把话题拉到她身上。不过被运文看穿了，就向他开玩笑说："唉，小森，今晚你怎么把心思都放在她身上呢？是不是看上她了？"

一听这话，林森脸先自红了，急忙替自己解释说："你想啥呢？我只是对她感到好奇，所以才想让你说说关于她的事。你不知道，她长得特别像我一个朋友。"

运文笑问是不是女朋友。林森忙说不是，就是朋友，是个女同学。

运文对这个回答不甚在意，却严肃起来，叹了口气，开口说："好了，给你说说她的事。她也跟我俩一样，不，准确来说，她跟你的情况最像。"

林森问他这话什么意思。运文说："她叫石雪雁，家在外地，好像是别的县。两年前她妈不知得了啥病，死了，她和她爸一起过日子。她家里就她一个，也没兄弟姐妹。后来，她爸经人介绍，认识了咱们镇上的一个姓王的寡妇，两个人看对眼，就结婚了。那个王寡妇早就死了丈夫，没有留下一儿半女，只留给她一所宅院。她和雪雁她爸结婚后，因为雪雁家房子太破，又是在山里，所以王寡妇就让他们父女来自己的房子过日子。婚后一年，雪雁她爸被王寡妇逼着去南京打工赚钱去了，这下雪雁失去了保护人，天天在家里被王寡妇打骂。唉，我听说那个王寡妇好像有病，不会生育，所以和雪雁她爸结婚后，也一直没要个孩子。照理说，这家里就雪雁一个孩子，她应该多关心才对，可是王寡妇不喜欢女孩，她想去抱养一个男孩，所以更看不上雪雁了。这个王寡妇，心比《水浒传》里那王婆的心还狠毒呢！因为雪雁学习差，她就不让雪雁上学了，说是浪费时间浪费钱，直接在街上一家卖衣服的店里给她找了个活，让她打工挣钱养活自个儿。"

运文说到这时停住了，踢了踢地上的一个空饮料瓶。

林森忙问他，那雪雁她爸是什么态度。运文冷笑道："她爸？她爸就是个窝囊废，啥都听王寡妇的。"

林森听后，愣了片刻，又问运文他们是怎么跟雪雁认识的。运文回答："我们经常在那个酒店喝酒，慢慢的就认识了。那里去的女生本来就少，她却是个常客。你以为聚在那里的都是什么人，那都是家庭条件不太好，都是不上学、在外打工的。所以怎么说呢？那个同是天涯沦落人，相逢何必曾相识。我们也都挺同情雪雁的，可她性子傲，不要我们帮忙……"

他说到这时被林森打断了："帮忙？你们能帮什么忙？"

运文呵呵笑道："也帮不上什么忙，就是上次我们见雪雁脸上有点淤青，她说是那个王寡妇打的，我们几个人就约定，等晚上让雪雁把那个王寡妇骗到镇外没人的地方，我们上去把她打一顿，让她以后不敢再欺负雪雁。谁知我们跟雪雁说了，她死活不同意，说好意心领了，但她的事不要我们管。我们也就没再提了，也不想多管她的事了。"

林森说："你们这办法确实不咋的！唉，对了，你知道她在哪工作吗？"

运文一摊手道："不知道，谁惜得管她！"

林森听后就不再问他话了，默默无语地想着自己的心事。

两人不知不觉便走到了林森家门口，运文和他道别后就离开了。林森轻轻地打开家门，穿过院子，进了房门，房间里漆黑一片，他摸索着往自己的房门处靠近，这时屋里的灯霎时亮了起来。林森回头发现父亲正和衣端坐在沙发上，低垂着头。他本想快步溜进自己房间，可父亲那低沉的声音蓦然响起："站住！"

他只得停步立在那里，等着父亲的斥责。

林国邦站起身走到林森跟前，厉声道："你去哪了？老实交代，这都几点了，你自己看看，你还像个初三的学生吗？作业也不写，半夜三更才回来，还满身酒气！小森，你自己看看，你现在成什么样子了！"

听了这些话，林森的怒火也倏然烧了起来，针锋相对道："我现在的样子怎么了？我就是再晚回来，也比你在外头通宵打牌强！"

说罢便丢下父亲，跑进自己房间，重重地摔上房门，脱掉衣服爬到床上，用薄被把自己紧紧包裹了起来，随后就进入了梦乡之中。

他梦见了那个叫雪雁的女孩，嘴角还扬起了微笑。他不知道，在他睡着后，他的房门被轻轻地打开了，现出一条狭窄的长缝。在那条缝隙中，出现了一张极其消沉而又模糊的中年男人的脸。

第五章

  第二天早上，林森起床穿衣服时发现自己的鞋子已有些破了，就想让父亲再去买一双。但想到自己昨晚才和他吵了一架，不知道他现在气消了没有，就决定先看看再说。出去吃早饭时，林森偷偷地瞥了父亲一眼，见他脸色铁青，一声不吭，很明显还在生自己的气，就打消了买鞋的念头，决定以后找机会再说。

  到校后上完三节课，课间休息时，林森的班主任王老师来找他，让他放学后去校长室一下，说贾校长有事找他。林森暗想，一定是自己的那封意见书被贾校长看了，他想要教训自己了。但林森心中并不害怕。淡定地上完了第四节课，放学铃声敲响后，他快步走出教室，来到了办公楼一楼校长室门前。

  门开着，一眼望进去，贾校长正端坐在窗下的办公桌前，低头写着什么。他四、五十岁的年纪，穿一身深灰色的西装。肥头大耳，肚腹外凸，硕大的鼻子上架着一副同样硕大的眼镜，显得滑稽可笑。他的头发稀疏，却梳得十分齐整，紧贴在头皮上，梳纹清晰，油光可鉴。

  林森高声喊了一句"报告"。贾校长停笔抬头，紧锁的眉宇下放射出两道剑一般的目光。他的脸上皱起一脸不耐烦的神情，但当他的视线碰触到林森的那一刻，一切都改变了。原本因被人打断工作而略显恼火的脸上立时刻出了两道和善的微笑，目光中也现出了极度的欣喜。

  他忙丢开纸笔，起身挥动着双臂把林森拉进门。还不等林森做出反应，就把他按在右墙下的沙发上，口中热情地说道："林森，是你啊！来来来，坐坐坐，快坐下！"

  然后他又走到墙角的饮水机前，用纸杯接了水，放在林森面前的茶几上。

  "喝水，喝水！"贾校长边这样说着，边转身坐到林森侧面的一个单人沙发上。

  林森望着他，回想起刚才他表情的瞬间转变，不禁鄙夷地冷笑起来。

这时，贾校长开口说："林森，你是咱们学校的高材生，是咱们中学的骄傲。今天找你来，就是想找你谈谈。你千万别紧张，你可以不用把我当校长，只把我当做你的一个朋……"

"那封意见书是我写的！"林森受不了他的拐弯抹角，冷冷地打断道。

贾校长一愣，随即又笑起来："开门见山，我就喜欢你这种学生。那现在咱们就来聊聊你的这封意见书吧！"

他说着从身旁的方桌上的一堆文件里找出了林森写的那封意见书，在空中挥动几下，像一个检察员在向罪犯展示他的犯罪证据一般，然后把它递还给林森说："首先，我要代表学校表扬你一下，因为你敢于提意见。说实话，那个意见箱自从安装好后到现在，还没有一个老师往里面投过意见书，更别提学生了。你是第一个，你为全校师生起到了一个好的示范作用。明天校领导就召开全校师生大会，在大会上还要公开表扬你，以鼓励更多的学生像你一样多提意见，发表己见，指点江山。其次，你在信中说的那些不良现象，校领导也承认是自己的失职之处，以后一定改正，给全校师生做一个好榜样。"

贾校长说到这时顿了顿，抬头瞥了眼墙上的钟表，又接着说："林森，我也听一些老师说过，你读过很多书，文笔极好。今日看来果然名不虚传，你的意见书写得真是文采飞扬，满纸云烟，以后一定要保持爱读书的好习惯。唉，对了，不如你明天在大会上做一篇演讲好了。也给你一个展示自身才能的机会，就谈谈自己的读书感悟或给同学们推荐一些好的作品，带动更多的同学像你一样潜身书海，博文广识。对，就这样决定了，你今晚回去好好准备一下，千万别推辞！"

说到这时，他又停了一下，再次朝墙上的钟表看看，接着道："好了，时间也不早了，你也饿了吧？回家去吧！"

听他说了这么长一段话，林森早已经烦闷不堪了。坐在那里心不在焉地听着，目光却在四下打量。突然听到他让自己走，顿时心花怒放，像脱离了苦海一般。松了口气，拿起自己的那封意见书就走。刚走到门口，又被贾校长喊住了："林森，你先别走，我有样东西给你。"

　　林森停下脚步，转身望着他，只见他从抽屉里拿出一个黑色软包皮笔记本。这个笔记本略显破旧，而且一角已经残损。他翻开到首页的空白处，提笔写了两行字：赠林森同学，望乘风破浪，永占鳌头！

　　写好递给林森说："这是上次我去局里开会时发的，我留着也没啥用，送你吧！望你好好学习，奋发向上。"

　　林森当时只想快点抽身离开，便接过笔记本，点一下头，疾步出了门。贾校长在林森身后喊道："记得你的演讲稿。"

　　"知道了！"林森不耐烦的高声回答着，就朝教学楼走去。

　　走到教室门口，正巧遇见了孟雨蝶。雨蝶正在找他，以为他先回家去了。林森把校长的事对她说了一遍，还把那封意见书让她看了。

　　雨蝶看后一阵唏嘘，直夸林森胆大，也奇怪贾校长怎么会表扬他，还送他笔记本。这时林森才想起那个笔记本，就要把它送给雨蝶，但雨蝶却好像嫌它破旧，执意不收，连连推辞。无奈林森就把笔记本随手塞进了课桌里，离开教室，和雨蝶一起出了校门，顺便把那封意见书扔到了校门口的垃圾桶里。

　　林森回家吃完饭，下午刚到学校，小布又来找他，还是问他小说写好了没。他答说尽快完成，小布数落他几句，就唠叨着走了。上课后，林森心神恍惚，脑子里只想着那篇小说的结尾，结果数次被老师点名批评。但他并不在意，心神依旧徜徉在小说的世界里，很快就确定了一个结尾。

　　下午第三节课是体育，林森没去操场，偷偷地留在教室里。拿出纸笔，把前两节课上想好的文字龙飞凤舞地印在纸上。当他在最后一行的右下角写下当天的日期后，他张开双臂伸了个懒腰，轻松地出了口气，身心惬意无比。可在第四节班主任的课上，他又因体育课旷课而被批评了一番。下午放学后，他留在教室里做数学题，班里的同学渐渐都已离开，这时雨蝶又来找他了。

　　此时雨蝶换掉了上午的衣服，穿了件粉白色的运动装，里面是件紫色的体恤，下身是一条较为宽松的浅黄色长裤，脚上是一双黄蓝相间的旅游鞋。她先是轻松地走到林森身前，用手轻拍一下他的头，然后反身坐到与他相对的一张凳子上。林森抬头看了她一眼，脸上漾起笑容。

"小说还没写完吧？"雨蝶先开口问林森。

"写完了。第三节体育课我没去上，留在这儿写好了，为这儿，我们班主任还批了我一顿呢！"林森答说。

"活该你，体育课你都敢不去，明年中考体育，看老师不给你个平时表现分不及格！"雨蝶说。

"我才不在乎这些呢！"林森一副无所谓的神情。

"哟哟哟，大才子，你很嚣张噢！"雨蝶取笑他说，复又让他把自己写的那篇小说给她看看。

林森从课桌里拿出小说的纸稿递给雨蝶，雨蝶像接一件琉璃制品般小心翼翼地接在手中，嘴角扬起了一道甜美的微笑。她翻开小说，正准备读，似乎想起了什么，又回头问林森："你这篇小说，我是第一个读到的人吗？"

林森答说不是。

一听这句话，雨蝶好像有点失望，目光中原本洋溢着的欣喜瞬间散失，双眼蒙上了一层楚楚的泪光。她低声问："那还有谁？"

林森用手指了一下自己说："我啊。"

雨蝶听完他这两个字，立时像个临死前的囚犯得到了国王的赦令，目光炯炯，难掩欢喜。她用略显激动的语调说："你自己怎么能算？这样，我就是你的第一个读者了。我告诉你，你以后不管写什么小说，我都要当第一个读者。"

她说到这时，瞥见林森正在用夸张的眼光盯着自己，急忙停住了话头，转过身把头伏在小说的纸稿上，双脸沾上了两片粉霞。林森看到她这样，也不好意思起来，收回目光，低下头继续做着数学题。

教室里沉静下来，空气也仿佛停止流动，只是门外校园里少数几个学生不时地一声呼叫才会使它颤动几下。林森和雨蝶彼此都不说话，这种满含羞涩的沉默一直持续了十多分钟。当雨蝶读完了那篇小说，长长地出了一口气时，林森才再次开口问她："怎样？还行吗？"

雨蝶激动地回答说："写的太好了！篇幅这么短，时间跨度却这么长，而且情节也很吸引人，只是这篇小说怎么没名字？”

林森说："名字我还没想好，不如你给起一个吧！"

雨蝶思索了片刻，说："既然你写了一个时间跨度近十年的故事，那就叫它《时光》如何？"

林森想了想说："《时光》这个名字有点太强调时间的流逝了，不好。我们不如叫它《光》，就一个字！"

雨蝶道："叫这个也好。'光'可以说是时光，也可以说是光明，而且有一种神秘感。好，就叫这个名字！"

林森点点头，起身走到雨蝶身旁，在小说纸稿的首页上写下了那个名字。

等他直起身，雨蝶又说："凭这篇小说，你一定能让薛五书长点记性，知道一下人外有人，山外有山，免得他一天天那么嘚瑟。快把这篇小说拿去给他，也许他看完后就不好意思再拿出他的那几页垃圾了。"

林森笑着说："现在还不能给他，这只是草稿，还得再工整的誊写一遍呢！"

"那多浪费时间啊！你今晚不还得准备校长的那篇演讲稿吗？不如让我替你写好了，反正我也没啥事。"雨蝶说着从林森手中夺过纸稿，还没等他回应，就接着问："誊写在哪？"

林森忙说不用了，自己来就好。说罢就要把纸稿拿回，却被雨蝶一手藏到了身后，撒娇似地哀求他道："跟我，你还客气？我的字是没你的漂亮，但也还说的过去，你就把这份工作给我吧！相当于你是老板，我就是你的秘书，好不好？"

"好好好，让你干这份工作行了吧！又没工钱，这你也抢？"林森笑着说。

雨蝶也傻笑起来，又问他誊写在哪。

林森从课桌里翻出上午贾校长送他的那个笔记本，一手撕下封皮和贾校长题词的那一页，然后把它拆成单页，递给雨蝶，让她誊写在那上面。

雨蝶用手接过，瞪了他一眼说："你也太不给校长面子了吧！"

　　林森逗趣道："他脸都那么大了，还要我给他面子，想变成二师兄啊！"

　　雨蝶听后，在一旁撑着桌子笑弯了腰，好不容易止住后，假嗔了林森一眼。

　　落日西沉，几缕血红的残晖透过窗户洒在空空荡荡的教室里，构成了一幅阴森诡异的画面。画面上光影纵横，明暗交错，冥冥之中仿佛潜伏着一只食人心魂的无形野兽。林森依旧坐在桌前写着作业，雨蝶蹲在讲台边沿，手拿小说纸稿在细细地读着。教室里悄无声息，更显诡异。

　　林森做完最后一道数学题，收起书本，走到雨蝶跟前，轻声问她再读有什么新体会。雨蝶没有抬头，只轻轻地问林森，小说里面是不是还牵扯到了一些社会问题。

　　"对，的确有。慢慢读，尤其是结尾那里，我构思了很久，推翻了好几个情节。"林森不无得意地说道。

　　他见雨蝶读得很认真，不忍打扰她，就又走到了教室后的窗户前，透过玻璃向外张望。

　　教学楼后的一排杨树伸展碧绿的枝叶，在红色的夕光中随风舞动。树下通往学校厕所的灰色水泥路上空无一人，显得格外幽寂。林森看过一遍之后，收回目光，转过身，下身靠着墙，手臂支在窗台上，又朝雨蝶望去。

　　只见她蹲在那，俨然一只温驯的小鹿。夕阳照在她鹅蛋形的脸上，为她原本白皙的肌肤抹了一层淡淡的红晕，看起来宛如晶莹剔透的红白交映的水晶一般。她那欣长的秀发，散披在衣领上，如同从碧霄垂落的彩虹。前额经过悉心修剪的刘海下，是两道柳叶般的弯眉。眉下，澄澈的眼睛上边横立着修长的睫毛，仿佛长在湖岸上的杨柳树，在深蓝到发黑的湖面上映出了秀丽的倒影。

　　林森被雨蝶的这双眼睛吸引了，一动不动地凝望着她，目光一直盯在她的双瞳上。端详了许久之后，林森才移开视线。他的目光下移，掠过雨蝶那如大理石般洁白的脖颈，以及脖颈上用红丝系住的玫瑰色的玉刻蝴蝶，最终无意间停在了她的胸部。林森看见，隔着紫色的衣衫，雨蝶那尚未发育成熟的胸部微微耸起，如低平的山丘一般伏在那里。

　　他急忙转过头，调整着自己的呼吸，努力使自己平静下来，但却愈加紧张，身下那柄尘根在不知不觉中迅速充血勃起，仿佛要冲破包裹的衣裤一般。他偷偷地斜眼看雨蝶，只见她依旧蹲在那里，并没有注意自己，心里才稍稍安定些。但他的目光却又不自觉地移到雨蝶的胸部，他感觉自己像被人操控了一般，无法自持。双眼像被钉在雨蝶前胸隆起的部分，无力移开。他的目光中充满了贪婪，如同干燥的海绵吸水一般，如饥似渴地吮吸着那一切的淫欲与罪恶。

第六章

    正当林森欲火焚身之际，雨蝶突然叫他过去一下。这使他不禁一阵心慌，胸口像揣了一只活蹦乱跳的小兔般忐忑。他低垂着头，怀着紧张不安的心情移到了雨蝶身旁站稳。又把头侧到一边，避免正视雨蝶。他像一个等待末日审判的恶人，默不作声地站在刑台前，静静地等待着自己罪有应得的严酷判决。但雨蝶并没有站起身直视他，只是抬头瞥他一眼，问他脸怎么红了。

    这句平淡的问话使林森悬着的心重新落回了肚子里，他假作轻松的回答雨蝶说："噢，没什么，我觉得有点热。你叫我干嘛？"

    雨蝶没有多想，指着小说纸稿上的一个段落问他："这里你是不是化用了我们学过的一篇课文里的文字？"

    林森俯身把头靠近雨蝶的肩膀，细眼看了看那一段，说："对啊，我们确实学过。"

    "噢，知道了！"雨蝶这样说着就又目不斜视地看起了小说。

    林森的眼睛没有移开，依旧保持着刚才那个姿势。他在纸稿上略看几行后，就把目光落在雨蝶的脸上。离得这样近，他看得更加真切了：柳眉，秀睫，媚眼，粉面……一切都是那么的令他着迷，和他读《红楼梦》时想象的大观园中的那些侯门艳质形神俱似。深吸一口气，他还嗅到了雨蝶身上散发出来的体香。那是一种平淡但又脱俗的气息，是只有十多岁的少女才拥有的，也是独特而唯一的。

    林森轻轻地嗅着这种淡雅的香气，觉得自己像是处在了一个春光明媚的百花园里，感到遍体畅适舒美。他把头俯得更低了，想要更加浓烈地体味这种感觉。无意间用眼一瞥，他的目光竟透过雨蝶衣领间的空隙射进了她的衣服里。

    那一刻，林森无比清晰地望见，雨蝶胸前围了一条淡红色的内衣。这亮丽的颜色在她那雪白的肌肤的映衬下，仿佛是盛开在茫茫雪原上的一支梅花。薄薄的内衣把雨蝶那娇小的乳房轮廓显现出来，如红莲般艳丽，如春风般轻盈，如流水般欢快，如圆月般饱满。它像是长在悬崖峭壁上的一株玫瑰，可望而不可及。

林森望着这一切，刚才的那种冲动又操控了他的身心。他身体的沦陷甚至比刚才还要彻底，他已无法与之抗衡了，只得任凭那只恶魔在他的身体内部胡作非为：一会在他的心脏上跳舞，使他心跳加速；一会把他的气管堵住，使他呼吸急促；一会又在他的肚子里放把火，烧的他遍体汗湿，燥热难耐；最后，恶魔又滑过肝肠，到了他的下身，使他的下体胀大起来，像一颗即将爆炸的炮弹，压迫得他喘不过气来，折磨得他痛苦万分。

林森真想有个人能帮自己消解一点这种痛苦，哪怕是一瞬间也足够了，但却没有。他只能依靠幻想来使自己暂时忘掉这种痛苦，他想象着雨蝶此时正赤身裸体地站在他面前。他冲上去抱着她，在她的脸上、嘴上、脖子上、肩膀上一阵狂吻。然后，他把雨蝶放到课桌上，脱掉自己的衣裤，爬到她的身上。雨蝶用手紧紧地抱住他的后背，他分开雨蝶的双腿，慢慢地探了进去。最后，他觉得一阵酥爽，满团阳春……

正当林森这样胡思乱想之时，也许是他急促的呼吸声引起雨蝶的注意，使得她停止了默读，侧过头朝他看来。见他贴得如此近，雨蝶吓了一跳，猛的一声尖叫，急忙起身闪到一旁。随即她又想起了什么，顿时满面羞红，转过身垂下了头。

林森也被她吓了一跳，手足无措，脸像烧红的炭一般，发黑发紫。口中也支支吾吾，语无伦次，良久才断断续续地说出一句话："我……我……去一下……厕……厕所啊……"

然后便手忙脚乱地窜出了教室。跑过教学楼底的通道，沿着那条寂静无人的小路，冲进了位于学校最后面的男厕所。

厕所里也是空无一人，林森进去后就把身体靠在被风化的一片斑驳的墙壁上，头部仰天，双眼紧闭。他口中呼呼地喘着粗气，脑海里一片混乱，都是刚才的画面。少顷，他又睁开双眼，转过身解开裤子拉链，对着下面的沟槽撒尿。尿完后，他没有拉上裤子，而是慢慢地把那柄坚硬的阳具攥在了手心里，手指缓缓地动着。同时耳朵竖起，全神贯注的倾听着厕所外面的动静。

几分钟后，在一阵剧烈的喘息声中，他把一团乳白色的秽物射到面前的墙壁上，然后感到全身轻飘飘的，舒服异常。他系好衣裤，转身欲走，忽然想起随后有人进来，可能会发现自己留在墙上的那团秽物，急忙回身用鞋底在墙上毁尸灭迹了一番，然后才心满意足地出了厕所。

林森不敢这么快回教室，就在教学楼后的一条和操场相通的小路上漫步。夕阳已经收起霞晖，隐没在山后。晚风徐徐，拂起杨树如琴弦般的枝叶，似乎在弹奏一首动听的黄昏恋曲，同时也衬托得校园更加安详静寂。林森望见教学楼西角下操场边的水池那里没有人，想去洗一下手脸，就快速穿过林荫，向水池走去。

临近操场，林森渐渐听到了一阵吵闹声，像是有人在打球。到了水池边，林森拧开有些锈迹的水龙头，用微凉的水把手和脸都冲洗一遍。晚风拂过，他感到一阵清爽。关好水龙头，转过拐角，林森看见五个年龄和自己相仿的男生在球场上打篮球，其中有他认识的两个，都是学校学生中臭名昭著的坏蛋。他们也看见了林森，其中一个曾和林森同班过的叫曹达的男生朝他挥了挥手，喊道："林森，来，跟我们打场球。我们五个人没法分组，添上你正好。考场上我们不如你，但在球场上，就要倒过来说了。"

林森不想和他们搅在一起，就装作什么都没听见的样子，急匆匆地沿着墙根穿过侧门溜走了。到了教学楼前，林森隐约听到，曹达在他身后说了一句："真他妈不识抬举！"

但他并没放在心上，此时他只想着怎样去面对雨蝶。他又在花坛前闲荡了几分钟后，才硬着头皮怀着忐忑不安的心情朝教室走去。

教室门虚掩着，里面空无一人，雨蝶已不知在什么时候离开了。林森心中这才平定下来。他进去拿了作业，锁上教室门，在暮色苍茫中出了校门，沿着华灯初上的街道往家走。

林森回到家，林国邦早已做好了晚饭，正在等他回来。吃饭时，林森见父亲不断地微笑着劝自己多吃点菜，知道他已把昨夜的事给忘了，就想趁他现在高兴，让他给自己买双新鞋。于是把脚伸到他面前，用手指着自己的鞋说："我的鞋坏了，你明天去给我买双新的，就跟这双一样就行。"

林国邦看了看说："这不还能穿嘛，以后再买好了。"

林森听后脸色立时阴沉下来，用刻薄的眼光紧盯着父亲的脸，阴阳怪调地说："那你就留着你的钱去和别人赌吧！以后也不要管我了。"

林国邦被儿子这句话说得哑口无言，被儿子的目光盯得满脸通红，只得羞愧地把头低下。林森也不再做声，只是不时地用冷冷的目光斜睨一眼父亲那已经夹杂了几丝银发的头顶。

房里的空气如死水般沉重，林森和林国邦父子俩在这浑浊的死水中进行着一场对决。林森的目光如利剑一般，刺得林国邦毫无回手之力。最后，林国邦先认输了，抬起头，声音低哑地说："好，我去给你买，吃饭吧！"

然后他便用饭碗挡住了脸，低着头继续吃起饭来。

林森已得胜，送剑回鞘，收回目光，傲慢地端起碗吃着饭。他根本没有看见，也不会想看见，曾有一滴浑浊的热泪滑过苍老的面颊，落到了他父亲的碗中，又被他父亲和着饭一口一口地咽回到了肚子里。

吃完饭，林森就回自己房里做起了作业。林国邦收拾好碗筷后，也回房间睡觉去了。当时才晚上七点多，夜幕刚刚笼罩大地。一弯明月从东方升起，如少女的明眸一般。林森坐在书桌前，用了两个多小时的时间才把当天的作业做完。当他合上最后一本习题集时，已经是夜里九点多了。他站起身，伸个懒腰，揉揉疲劳的双眼，走到窗前拉开了窗帘。

外面夜色静谧，明月如灯。林森看了一会，回身脱衣上床。他坐在床头，双眼微闭，心中思索着贾校长让他写的演讲稿，却毫无头绪。一直想了十多分钟，脑子里突然灵光一闪，问题便解决了。他嘴上挂着一丝不怀好意的笑，准备关灯睡觉时，无意间看到床头的母亲的照片，心弦一下子就被触动了。他拿起相框，隔着玻璃，端详起母亲的遗容来。

只见微微泛黄的相片上，母亲面含微笑，目光炯炯，仿佛正在一动不动地注视林森。林森也目不转睛地注视着母亲，他望着母亲的笑脸，心中感慨万千。这笑脸是那么熟悉，几乎天天在梦里都能与之相遇；这笑脸又是那么陌生，近十年来，他都没有在清醒时见到过。

星霜屡改，岁月频迁。十年了，已经有十年了。物是人非事事休，欲语泪先流。十年后的今夜，当林森回忆起十年前的那个雨夜，一切的情形都是那样的清晰，历历在目，恍如昨夜。

林森呆坐在床头，透过窗台的玻璃，眼望窗外苍茫的夜空，看着那弯明月在云间徘徊。生死别离多少泪？滴落明湖映玉盘。月光如泪，浸湿了他的双眼；泪水如光，照亮了整个夜空。

他关上了台灯，身体沐浴在一片纯白的月光之中。他的泪光闪动，照片上母亲的面容显得那样模糊，宛若远在天涯。他又抬起头朝窗外望去，那弯明月映入眼底，看得那样清楚，仿佛近在咫尺，触手可及。他急忙闭上双眼，泪水被挤出来，沿着脸颊慢慢下落，不知消失在哪里。最后他极力说服自己忘掉这一切，早点睡觉，但还是陷入了难眠之中。

窗外秋虫鸣声不断，时近时远，仿佛是个盗贼小心翼翼的脚步声。林森躺在床上，睁开眼望了望窗外，只见月挂中天，已经是半夜时分，但他仍毫无睡意。这时，他隐约听见隔壁父亲屋里传来一阵窸窸窣窣的声响，随后，外厅的灯便亮了起来。一串脚步声移近他的房间，他的房门便被轻轻地打开了。他急忙转过头装作熟睡的样子。少顷，房门又被关上。他知道是父亲又出去了。

"唉，又出去赌了，真是江山易改，本性难移啊！"林森这样感叹着，便不住地唉声叹气起来。

一个多小时后，睡意袭来，他才勉强睡去。

其实，生活并不如林森所想的那样简单，一览无遗。生活就像一条宽广的江河，看起来水流平缓，波纹如鳞，但在这风平浪静之下，往往存在着汹涌的隐流暗潮。平淡只是生活的外表，并不是生活的内心，生活的内心中藏满了不为人知的秘密。就像林森的父亲，他不是出去和人赌钱，而是去盗墓！所有人听到这个都会感到吃惊，都会有点不相信，但这确实是真的。

第七章

    自林森出生后，林国邦便长年在外打工，有时只有到过年时才会回来一次，但也只是在家里待上几天，过完年就又走了。五岁那年，林森的母亲因病去世，他回来了。安葬好妻子后，他就在镇上的一家塑料厂里找了份工作，和儿子过起相依为命的日子，十年来一直没有再结婚。尽管他和妻子并不恩爱，也不是找不到合适的人，更不是因为他的身体方面的原因，但他确实是毫无再婚的意思。

    不仅如此，自妻子死后，他就像丧失了生活寄托和人生理想一般，变得颓废而堕落起来。经常夜不归宿，在外面和一群狐朋狗友饮酒、赌博，还欠下了大量外债。逐渐，亲朋好友疏远了他，冷落了他，但他似乎并不在乎，依旧过着这样的浪荡生活，毫无悔意。一个月的工资，通常没几天就被他挥霍一空，但说实话，他从没亏待过林森。从小到大，林森想吃的、想玩的、想要的一切东西，他都会尽量满足。

    他处处顺着儿子，不让儿子受丝毫委屈。但在林森这方面，却把他对自己的这份无微不至的呵护理解成他对自己和母亲的愧疚和补偿。一直都是心安理得地接受，来所不拒，甚至有时候主动争取，要求他给自己买一些价格昂贵的服装和玩具。尽管林森明知父亲囊空如洗，但他毫不妥协，而是软硬兼施，软磨硬泡。这时林国邦就会心有不忍，然后答应下来，出去和别人借钱来满足儿子的要求。这样，林国邦的欠债便越积越多，达到了无力偿还的地步。正当他为此而愁烦不堪时，出现了一个人，帮他脱离了困境。

    这人叫王恩义，是个年过半百的老头，因其天性狡诈，凶残顽劣，如山中顽猴一般，所以别人给他起个绰号叫"猴叔"，取同音又称"侯叔"。他却毫无怒色，不仅欣然接受，更是如获赞赏般处处向人提及夸耀。这样就有更多的人知道了他的这个绰号，就再也不叫他的本名了。除此之外，一些跟他特别相熟的人，还在私底下管他叫"老家伙"。

    老家伙年过五旬，阅历丰富，是个古玩收售者。他世居小镇，自小被家人送到市里的一个古玩店当学徒，后来因缘际会，进入考古队当帮工。跟在一群专家学者的屁股后面，中原大地到处跑，耳濡目染，逐渐练就了一对能识宝物、能辨真伪的火眼金睛。于是他就辞去工作，回到镇上，买了间临街房，开了个香烛店，卖寿衣香烛，还代看风水，暗中也收购那些乡村农民家里的文物古籍，再高价转卖到市里。多亏此地位于神都洛阳，地下文物多如牛毛，所以他的生意从没断绝。他表面上是个一丝不苟的生意人，暗地里却在做着盗墓这种为人所耻的勾当，可他却从不以为耻，标榜自己是在向古人借钱。

老家伙精通辨宝，也精通盗墓。他盗墓的方式与别人不同，别人都是两人一伙，挖洞取财，他却不这样。他凭借人多力量大，一直把墓掘开，把棺材拖出来，开棺从死尸身上寻宝物。他招聚了几个生活拮据的浪荡子弟，常在夜半时分走乡串镇，挖人祖坟。他们相互商定，每挖一次每人六百现金，钱由老家伙出，即使毫无收获，钱也要照付，不得拖欠。但如果挖到了宝物，无论是金玉珠翠，价值几何，通通都要交给老家伙，不得私藏，并不得再过问。

老家伙偷偷地对这些宝物进行估价，然后寻找机会，依价卖给那些收藏家和古玩店。当然，这些交易，那些受雇挖宝的人是不会知道的，而林国邦就是这些人中的一个。他和另几个分别叫做大伟、长山、水生的混混负责挖宝，而老家伙则负责踩点，也就是找寻古墓。但他们从来不打那些大墓的主意，因为怕被抓，他们挖的都是那些氏族祖坟，年份不会超过一百多年那种。虽然收获少，但也较为安全，不至引起政府注意，被严打追查。

几年下来，林国邦跟着老家伙，已挖了不下十个墓了，也没出过什么事。最近，老家伙又踩到一个点，是李家村的李氏祖坟之一，准备今晚动手。于是就在前天下午，让长山来林家通知了林国邦，因此今晚他才早早上床。睡到夜里十一点钟时，起身穿衣，悄然出门，径往老家伙家去。

老家伙膝下无子，只有一个独生女叫晓云，被视若掌上明珠，已嫁给县上一户家境殷实的人家，一个月才会回来一次，所以老家伙只和他的老伴一起过活。但他们两人并不住在店里，而是在镇外的河边另建了一所新居。很多人不明其所为何故，但林国邦知道缘由。那一带房户稀疏，人家较少，方便夜里外出挖宝。林国邦就是被通知说今晚在那儿碰头。

他今晚去的有些迟了，怕被老家伙骂，就没走路程远的大路，而是沿着偏僻小路，疾步如飞。来到老家伙家门前，他也不叫门，只在紧锁的门板上轻轻地敲了五下，尖声学了声猫叫，便有个人轻手轻脚地跑来给他开了门。他进门后，刚才给他开门的那个人便不声不响地隐身在侧屋的门后。

从身形，林国邦看出那人是老家伙的老伴华婶。他觉得华婶有些看不起他，平时也不搭理。所以他也就不多和华婶搭言，穿过月色如水的院落，径直跨上了正屋前的青石台阶。他伸手推开虚掩的房门，一片昏黄的瓦灯灯光便猛扑出来，照得他目眩眼花，只好用手边遮双眼边抬腿闯入了屋里。

正当他反身关门之时，房间里响起老家伙那尖锐如刀的声音："国邦，你这个兔崽子咋才来？害得老子等了你这么久。不想干就早点说，老子又不指望你吃饭！"

林国邦听见这话，虽然有些恼怒，但还是强摆出一张笑脸，转过身走到横卧在躺椅上的老家伙跟前，笑着赔罪说："侯叔，我咋敢呢？你神通广大，自然不用靠我吃饭，可我得靠着叔你吃香喝辣啊！实在是家里有点事，让我儿子给缠住了。你别生气，气大伤身。今晚我一定好好干，给老叔你抱个大元宝回来！"

林国邦的这番话平息了老家伙的怒火，让他脸上原本聚在一起的皱纹也快速地舒展开来，逐渐转化成了丝丝笑意。

老家伙眯起眼睛，笑嘻嘻地对林国邦说："还是你小子会说话，聪明伶俐，最了解叔的心思。不像他们几个，就知道个钱，跟掉到钱眼里了一个样！"

他说着坐起身用头点了点旁边沙发上窝着的大伟、长山和水生三人。林国邦瞥了他们三人一眼，看见他们都冷眼斜望着自己，尤其是大伟和长山嘴角还挂着冷笑，就急忙转移了话题："侯叔，时间也不早了，咱们出去收拾家伙，开干吧！"

老家伙一纵身从躺椅上跳起来，冲他笑道："就你小子会捡便宜，我们几个早已收拾停当了，把车都开到屋后了，白给你吃现成饭。"

"那我今晚得多出点力了。"林国邦对着沙发上的三人一挥手道，"走，出征！"

可那三人只有年轻单纯的水生站了起来，大伟和长山像没听见一般仍旧坐在那里。林国邦尴尬地朝老家伙望去。

老家伙眼珠一转，白眼翻出，对那两人厉声喊道："耳朵都他妈聋啦！愣着干啥，还要老子挨个请你们去？"

两人这才慢慢地站起来，随着林国邦和水生走了出去。老家伙走在最后，灭了灯关好房门，走到家门口时又转身冲着老伴所居侧屋的窗户喊道："晓云他妈，记得早点准备酒饭。"

然后才锁紧家门，领着在门外等候的四人走到了停在屋后小路上的小型卡车前。这车是他为了盗墓特意买的。

"快点上车。长山，你和大伟去前面开车。"老家伙用不容置疑的命令口吻说，四个人便各自行动起来，像是军队士兵执行长官的命令那般快速准确。

车上放了一些化肥，他们有时就装成走乡串镇卖化肥的，以避人耳目。化肥袋子中间藏着许多掘土工具，用来挖坑盗墓。

林国邦和老家伙、水生上车坐好，车便发动起来。那沉重的隆隆声在静谧的夜色中听起来格外响亮，有如惊涛拍岸。幸好此处位于镇外，又是深夜时分，不然早被附近邻居发现起疑了。

"侯叔，咱这次去挖的那个坟，你到底有没有把握呀？别再又白忙活一场，啥都没捞到。"车子走在月光映射下的山间小路上时，林国邦这样问坐在他对面的老家伙。

老家伙也不回答，只嘻嘻笑了两声，朝他做了个鬼脸。

"侯叔，你说话嘛，到底有没有把握？"林国邦再次问。

老家伙眼睛翻了翻，朝四下看了一圈才笑着说："我也不知道。去那挖开看看不就知道了，反正你那六百块我是一个子儿不会少给的。"

林国邦急忙解释说："侯叔，我不是那意思，你老别多想。你说那要是啥都没挖到，我们哪还好意思管你要钱啊！对吧？"

老家伙听完这话，嘴角迅速闪过一丝不易被人察觉的冷笑，然后故作大度地说："该你们的，我一分钱也不会少给你们，你们不需要感到不好意思，但如果是那些不该你们的，就是一块石头子，我也不会给你们。咱们是分工明确，所以分财也得明确。俗话说得好，亲兄弟也得明算账。要我说，那就是父女母子也得明算账。钱这个事也算人活着的头等大事，马虎不得。"

老家伙夸夸而言，自以为是在向别人传授人生经验，眯缝着双眼，凝望着山下沉入茫茫夜色中的小镇，眼珠上被月光照出了一层银光，闪烁不定，如跳动的银子一般。

林国邦忍不住在暗中冷笑了一下，怕被老家伙看到，忙又接着问："晓云最近回来看过你老没有？"

老家伙收回目光，换上一脸愁容，哀怨地说："没有。唉，现在我这个爹是越来越被看轻了。这都一个多月了，连个电话都没打回来，是真不管我这个糟老头子的死活了。枉我以前还那么宠着她，结婚时把家底都拿给她当了嫁妆。现在好了，看我成了无油水可榨的老木头，就想一脚把我踢开。唉，这死妮子！"

林国邦说："侯叔，你可千万别这么想，晓云可是你的心肝儿、肺叶儿啊！她不会不知道你对她有多好，可能是最近婆家有啥事给绊住了吧？"

老家伙吐一口痰道："得了吧！她那婆家人，你们又不是不知道，狗眼看人低的玩意儿。当初不过是看我给我闺女的陪嫁多，才让人来各种说和。当我把闺女送到他家后，那嘴脸就露出来了，我去他家看我闺女，那一家人把我当成土包子看。要不是顾着我闺女脸面，我早把他家给砸了。敢惹老子，也不打听打听老子是谁！从那以后，我就再也没去过他家了，请老子去。老子也不去。话说回来，我也就想不明白了，他们家那小子长得也就那样，晓云咋就看上他了？死活非要嫁，谁劝都不听，提起来老子就来气！"

林国邦见老家伙有些动气，忙劝解道："行了，老叔，别置气了。他们家是他们家，晓云是晓云，再咋说他们也是外人，晓云才是你嫡亲的亲闺女，你生她养她的，她肯定不会忘记你的！"

这时，一直在旁边默不作声听着的水生也开口附和说："国邦哥说的对。侯叔，晓云妹子可是个好闺女，你就等着以后她伺候你吧！"

老家伙听后，脸上这才勉强有了笑意，说："伺候我就不敢想了，只盼着我老了以后她能每月多回来看我两眼就行了。"

林国邦说："这你放心，侯叔。她肯定会的，就是不为父女情，也会为你那万贯家财的。"

老家伙听后，哈哈大笑起来："万贯家财？老子要是有万贯家财，现在还会坐在这破车上？早抱着个二八娘们儿美美的风流去了。"

水生戏谑道："只怕会力不从心呀……"

老家伙一抬腿踹了他一下，笑着说："你小子呀！"

水生和林国邦也都跟着笑起来。

笑过以后，老家伙又转头对林国邦说："国邦，你家儿子最近咋样啦？他可是个好孩子，我看人的眼光不会差。就以前在街上遇见你们父子俩，我看了他那么一小眼，就料定这孩子不是凡人，面相就不寻常，将来说不定出将入相的。到时你也就跟着风光起来了，可千万别忘了你老叔我啊！"

林国邦听后心里很高兴，口上却不以为然道："你可得了吧！这孩子以前还好，现在越来越不像话了。天天疯到半夜才回来，一说他，还跟你犟！"

老家伙说："唉，那还不是跟你学的，你也改改那好赌的毛病。"

林国邦回道："我那小毛病，小毛病。我也就是玩玩，你说我这一天天又当爹又当妈的，累得要死，晚上出去玩玩还不行？"

老家伙说："你累得要死，怪谁？要我说，你也该给他找个后妈，给自己找个媳妇了。这都十年了，要不叔出面给你寻摸一个合适的？"

林国邦听老家伙这样说，急忙推辞："不用不用。老叔，我就不麻烦你了！”

老家伙嘿嘿一笑道："没想到你小子还是个情种，该给你立个牌坊才对，媳妇都死了十年了还念念不忘。哎，对了，十周年祭快到了对不对？我记得好像就是这个月的下旬。"

林国邦点了点头。老家伙又问他准备怎么过。

"我能咋过，又没金又没银的，也就只能去坟上点柱香，烧点纸，供饷一下了。"林国邦淡淡地说，触动了伤心事，便望着路两旁茂盛的草木不住地叹起气来。

老家伙见他如此，也不再和他搭话，转而与对面的水生低声攀谈起来。两人欢声笑语不断，丝毫没受林国邦情绪的影响。

第八章

　　月色朦胧，薄雾氤氲，笼罩了山林。夜风拂动，草影树叶间虫鸣鸟啼起伏不断，和车声一起打破了晴夜山林的静寂。车子在崎岖的山路上缓慢地攀爬着，颠颠颤颤，像发了疟疾一般。发动机一直吼叫了一个多小时，汽车才爬上了李家村的后山。

　　李家村位于山前的一个洼谷里，是一个仅有百余户人家的小村子，居民多为李姓后族，一脉祖坟就建在村后山上的一片荒地上。老家伙这伙人到了那里，把车停在路边的树丛后。随着他的一声令下，林国邦四人便又搬又扛，把所有的用具都卸下了车。老家伙只挎着个布包，在前面领路，而另外四人则肩挑背扛。及至到了墓地时，四人一个个早已累得汗水淋漓，气喘不止，瘫坐在草地上歇息起来。

　　老家伙在一旁数落了他们几句后，就独自围着高高耸起的墓丘转了几圈，借着明亮的月色，把周围的地形风水又仔细地查看一遍，然后便走至墓丘正前方，从身上的布包里摸出了几炷香，用火柴点燃后。高举过头顶朝墓丘拜了三拜，双膝跪地把香插在了泥石间，边叩头边口中念道："打扰了，打扰了，打扰了……"

　　"侯叔，你为啥非得给死人磕头烧香呢？干咱们这行的，谁还迷信这个啊！"大伟在一旁看着说。

　　他是个四十岁左右的壮汉，音容洪亮，体格魁梧，只因贪杯好饮，好逸恶劳，欠债太多，才入了老家伙的队伍。

　　"唉，你咋还没明白呢？老子给你们说多少回了，这叫作礼多人不怪，香多鬼不厌！"

　　老家伙边说着边站起身，用手拍掉了衣裤上的灰土，走到林国邦他们跟前，换用凶狠的语调接着道："怎么着各位爷，都歇好歇美了吧？该起来给老子干活了！"

　　林国邦他们听后纷纷起身，各自抄起地上的工具，在老家伙的带领下，走到了杂草丛生的墓丘前。

　　老家伙从布包里拿出一叠白纸钱，猛的向空中一撒，同时口中拖长了声音喊道："开工咯！人生在世，谁都不易，干此营生，只为讨口饭吃，望各位兄弟父老方便一下，恩情来生当牛做马，必为报答。若要记恨，则只记我一个，待我百年之后，咱们同为阴人，再了仇怨。"

　　纸钱和老家伙那苍老的喊声随着夜风向四下散去，犹如流水落花一般。四人立即动手大干起来，铁楸和石块撞击摩擦，发出了一连串尖锐刺耳的噪声。墓丘旁尘土飞扬，沙石四溅。老家伙站在一旁，心满意足地盯着四人艰苦劳作的身影，目光中满是欢喜，仿佛是他们挖到了一箱财宝一般。

　　林国邦他们互不交谈，都默不作声地忙着各自手头的活，才几分钟就已热汗蒸腾，体燥如火了。脱去外衣，四人穿着背心继续挖土掘石，也是人多力量大，半炷香的工夫就把半人多高的墓丘给移平了。接着往下挖，脚下便成了坚硬的碎石地层，用铁楸硬掘了半个多小时，也只挖了一米多深。

　　这时，三十多岁年纪，身体修长，面皮黝黑的长山对一旁蹲着抽烟的老家伙抱怨："侯叔，这下面都是石头块，又硬又多，难挖的很！"

　　老家伙笑道："嘿嘿，傻小子，石头块里才能出金子。记住，越难挖的地才越可能埋着宝贝。你忘了两年前，咱们在野兔沟挖的那个无主荒坟了？"

　　长山说："那咋能忘呢！哎，我还记得那次挖出的那个紫檀木做的盒子，我们几个要打开看看，你非不让，说怕一打开，里面的阴气冲到我们。侯叔，里面一定有不少好东西吧？赚了一大笔对不对？"

　　老家伙再次笑起来，比刚才还要响亮，却含有一股阴邪气，笑声在凄寒的月空中如幽灵般久荡不散。

　　他笑后说："啥赚了一大笔，里面不过是一些不值钱的首饰，拿出去卖了还不够填补我发给你们工钱的亏空呢！"

　　大伟在一旁插嘴说："不会吧？侯叔，光那个盒子，我看就值个千儿八百的。"

　　"你们懂个屁，那个破盒子拿去给人家当垃圾箱，人家都嫌脏。你们这几个乡巴佬是没到城里看过，现在那些搞收藏的人，谁看得上紫檀木。那些款爷家里都放的是黄花梨或者红木，贵的吓人，谁还会摆这么个破木盒啊！"老家伙脸上的笑意顿消，改换上一种哀愁苦闷的表情。"说起来，你们是把挖到的一切物件都交给了我，可实际上呢？你们想过没有，真正到我手里的饭又有几口？挖十次有九次都是白瞎，啥都没捞到，但我还得给你们发工钱，备酒饭。即便说是挖到了一些，可这其中又有多少是真品呢？唉，表面上看起来，好像是啥便宜都被我一人给独吞了，但数到最后，其实都是我在吃亏。店里这一年多来，生意一直毫无起色，你婶子又经常犯病，这一行一动可都是需要钱的。我看啊，要再这样下去，我实在是无力维持了，只能散伙吧！你们也都另找营生算了。"

老家伙这样说着，还不时地用衣袖擦一擦眼角，那神情仿佛是个受了天大委屈的冤魂，正在向上帝诉说自己的冤情一般，令大伟和长山无言以对，都只好手握铁楸继续挖起石头来。

林国邦气不过，在心中狠狠地骂了一句："老畜生！"

这时，一声锐响，水生的铁楸触到了一块硬物。他以为是大点的石头，就又使劲在下面捅几下，声音更响了。他高声朝老家伙叫道："侯叔，侯叔，你快来看，这下面有东西，我挖到了！"

老家伙一听这话，瘦小的身躯猛的一颤，几个箭步飞跨至墓坑前，两眼放光，四处探看，扯着嗓子喊："哪呢？哪呢？挖到啥了？水生，你快告诉老子啊！挖到的东西在哪呢？"

水生边用铁楸在脚下捅了几下，边说就在这下面。老家伙俯下身看得更仔细了，边看边不住声地问在哪。

长山擦一把脸上的汗说："还没弄清是啥呢，侯叔。"

老家伙顿时像泄了气的皮球，眼中的光芒消失殆尽，耷拉起脑袋，训斥水生说："那你小子瞎叫啥？害得老子白高兴一场。快，快给老子挖！"

话音刚落，四人就在老家伙的监视下继续挖起来。

如风吹落叶，土层渐薄，一块青石板露了出来。四人都停下手中的活，问旁边的老家伙该怎么办。老家伙站在土堆上，从身上的背包里摸出一个手电筒，打开后将光柱射到石板上，居高临下地审视了一番后，才开口说："这应该是一块'封穴石'，下面可能盖着墓穴的入口。"

"那咋办？干脆砸碎它吧！"水生说着挥动了一下手中的铁楸。

"这块石板厚的很，你就是砸到天亮也砸不破的！"老家伙说。

"那咋办？以前没见过用这种石板封的墓啊。"水生有点急躁了。

几人之中，平日数他最没主见，张口闭口就是问人"那咋办"。本来脑子就不太好使，他往往还根本不用。愈不用愈不好使，恶性循环下来，用林国邦的话说，基本等同于没了。

老家伙默声思索了片刻，抬头说："没法子，只能把它撬开了。水生，你去把车上的粗钢筋拿来，多拿几根。大伟，你去找几块砖头样的石头来，要最硬的那种。国邦，长山，你们俩在这儿的石板下挖条缝，不用太大，就能把钢筋插进去就行。"

四人听后不敢耽搁，忙按他的安排行动去了。

几分钟后，一切准备就绪，老家伙让他们把拇指粗细的四根钢筋垫在大伟找来的石头上，长的一头插进石板下挖好的缝里，短的一头作为受力端。四人各执一根，听从老家伙的命令，利用省力杠杆原理去撬石板。随着老家伙的一声令下，只见四人用黑色铁钳般的大手紧紧钳住钢筋，使劲往下按压。个个牙关紧咬，全身颤抖，脸色通红，汗如雨下，凸起的血管如蚯蚓般蠕动着，狮吼般的沉重嗓音从同样沉重的肺里喷薄而出。霎时间，墓坑里沙石跳动，石板的一角缓缓翘起，像是露出了一张肮脏的大嘴。

"再使把劲！快！就快开了！"

老家伙站在上面为他们加油鼓劲，林国邦和大伟快速松开自己手中的钢筋，蹲下身子用手去抬那已被翘起的石板。待他们稳住后，水生和长山也同样丢掉钢筋，合力去抬石板。八张巨手，八条铁臂，在一起用力。只感到一阵震动，沉重的青石板被掀开，倒转着斜靠在墓坑对面的内壁上，于是一个圆形洞口便出现在墓坑底部。洞里漆黑阴暗，冷风阵阵，像是有一群恶鬼幽魂从里面飞出来一般。立时，一股令人作呕的恶臭也扑了出来，四下弥漫，熏得这伙人个个头晕脑胀，无法呼吸。他们逃命似的爬出墓坑，飞跑到不远处的卡车旁，坐在地上气喘不止。

"侯叔，咱现在咋办？"稍作休息之后，水生开口问老家伙。

"等臭气散了，咱们就进洞清财！"老家伙斩钉截铁地答道。

"那里面真的会有宝贝吗？要没有可咋办？"水生再次问。

"这墓看起来规格不小，没想到这穷村里还有富祖宗，真是庙小菩萨大！"老家伙边说着边站起身，朝墓穴口那望了望，鼻子使劲嗅着。

"唉，侯叔，你说这墓不小，咱不是说不挖大墓吗？"水生又问。

四人中也就他年轻力壮有股子傻劲，其他三人早累的不想开口了。

"怕啥？这破村又没啥大人物，还能给公安局施压，让他们破案？再说了，咱们已经挖开了，哪有白来一趟的道理，大不了，完事之后咱再把土给填回去，让别人看不出来。"

老家伙说罢，又让脚下的大伟去看看臭气散尽没，回来告诉他。

大伟不愿意去，满脸不情愿地说自己实在是没劲儿了，求老家伙让他再歇会。

老家伙又转向林国邦说："国邦，那你去。"

林国邦没有推脱，站起身径直跑到墓穴旁。那里臭气差不多已经散尽了，他回来报告给老家伙。老家伙先对其他几个人夸了他的勤快，然后领着他们四人回到了墓穴旁。

老家伙用手电筒往漆黑的洞里照了照，只照亮了一截青砖砌就的甬道和一条通往墓底的石板台阶。这结构使林国邦想起了棋牌室的那个地下室。

"国邦，长山，大伟，你们仨跟我下去。水生，你在上面给我们望风，有情况立马通知我们！"老家伙说罢就率先跳进洞里，身手伶俐的像个猴子。

林国邦他们三人紧随在老家伙身后，沿着一米多宽的狭窄甬道小心翼翼地往下走，怀着忐忑不安的心情四下扫视着。

墓道里潮湿阴暗，空气中残存着些许腐臭。走了大概五米，甬道便向左转了个弯。接着往下走，下面又有一堵墙壁把石阶转向了左边。转过这个弯之后，前进大概三米之后，左边的墙壁上便出现了一个低矮的拱形门洞。

"里面就是墓室。"老家伙轻声说，领着三人摸到了门口。

站在进门处，老家伙用手电筒四下扫射，昏黄的光柱洗清了包裹着墓室周围的黑暗，使得墓室显出了自己的本来面目。

第九章

　　这是一间二、三十平米大的地穴，上用砖头和石板贴顶，下用青砖铺地，四周的墙壁也是用青砖砌成，中间各镶嵌进去一块石板。石板上面雕刻着文字和浮雕画。墓室呈长方形，南北长，东西短，四角各立着一个一米高的石灯。由于日久年深，石头灯柱已经被侵蚀的凹凸不平，形如一截枯木。石灯与石灯之间，靠墙摆放着一排排的陶罐瓷瓶，像是墓主人的陪葬品。墓室中间，坐南朝北方向筑着一个一米多高的长方形石台。

　　老家伙没有去看那些瓶瓶罐罐，而是先上前在石台上敲了敲，里面是空的。

　　"这是一具石椁，棺材就在里面。过来把顶上的石板盖掀开！"他对周围的三个人说。

　　林国邦率先过来，用手在椁盖和椁身的地方摸索着，被他摸到了一条硬纸板厚的缝隙。

　　"这里有缝隙，咱们能推开它！"

　　他对大伟和长山说，又被老家伙狠狠地夸奖了一番。

　　三人站在石椁同侧，一起用力，椁盖慢慢地被推开。里面又是一股恶臭散出，不过没有开墓时那般浓烈，所以他们很快就适应了。老家伙用手电筒往石椁里照着，照见了一具楠木寿棺。由于石椁密封不好，所以棺材已经发霉腐朽，还覆着一层细细的蛛网。老家伙没有下令开棺，而是从背着的布袋里拿出来几根白蜡烛，用火柴一一点燃，分给林国邦三人一人一根，让他们拿着去那些瓶瓶罐罐里面找财宝。

　　"侯叔，那些罐子里不会有啥毒蛇毒蝎吧？"大伟有些胆怯。

　　老家伙还没回应，就被林国邦抢先答道："别怕，不会有那些东西的。这里空气少，又没有吃的，就算有也早死了。"

　　说罢，他忙望向老家伙。老家伙赞许地点了点头，夸他脑子聪明。三人不再多问，拿着蜡烛去翻看那些瓶瓶罐罐。老家伙没和他们一起，而是拿起手电筒站在棺材前查看着，看了一会后，又走去看那些刻在石板上的字画。

十多分钟后，老家伙见他们三人还没来向自己汇报，就拿着手电筒走了过去，问他们找到什么没。

"侯叔，这些罐子里都是五谷杂粮的种子，还有一些已经看不出来是啥的东西，一点财宝没有。"长山回答说。

"对啊，侯叔。这墓主墓修得挺好，实际上是个穷鬼，啥像样的陪葬品都没有。"大伟也附和道。

老家伙没有说话，用手电筒在几个陶罐里照了照。

"侯叔，咱咋办？这八成又是个空墓！"长山说。

老家伙毫无反应，仿佛事先已经料知到一般，只淡淡地应了一声，接着说："大伟，你上去拿根细点的钢筋来。"

"拿来干啥？"大伟又想推脱。

"叫你去你就去，少跟老子费话！"老家伙动怒道。

大伟不敢再开口了，急忙出了墓室沿甬道往上去拿钢筋。

他走后，林国邦试探着问老家伙："侯叔，这啥都没找到，不会又白忙活一场吧？"

老家伙嘿嘿地笑了两声："不会，今晚咱们要发财了。"

长山听后一脸疑惑的样子，问老家伙会发什么财。

"嘿嘿，你一会儿就知道了。"

老家伙故作神秘地笑着说，一脸阴邪，吓得林国邦和长山都不寒而栗起来。

这时，大伟拿着钢筋回来了。他一走到棺材前，就问老家伙到底要拿钢筋来干什么。

"撬棺！"老家伙回答说。

"又撬棺？"大伟吃惊地嚷叫起来。

"嚷个啥？有啥可大惊小怪的，又不是没撬过。你们几个最近咋越来越怂包了！"老家伙说。

"侯叔，不是我们怂，只是你咋就肯定宝贝放在棺材里呢，那万一没有咋办？咱不就白开了吗？白费那劲儿干啥！"长山说。

"我咋知道？我不知道，我撬开看看就啥都知道了！"老家伙怒气冲冲地说。

"算了吧！侯叔，死人的棺材还是少开的好。我刚跟着你的时候，啥都敢干，开了很多棺材。现在慢慢的感觉身体不行了，阴天下雨老是疼。这可能就是开棺开多了，被阴气冲着了。棺材这东西说到底也是不吉利的，咱还是别开了，拿点那些瓷瓶陶罐就好，也能卖个钱。对不，侯叔？"大伟劝道。

"对你娘个头！告诉你，老子啥都不怕。干老子这行的，就是天天跟那些不吉利的东西打交道。你只要给老子俩元宝，就是让老子跟鬼去睡觉老子也愿意。去，你们这一群窝囊废，老子亲自来！"

老家伙说着，一把从大伟手中夺过钢筋，又把手电筒往长山怀里一塞，纵身跳进了石椁里。他在棺材旁站定，抡起钢筋就在棺盖那里捅出了一个小口。又将钢筋一头插进口子里，使劲一撬。

别看老家伙年老体瘦，力气可真是大。只听见一声木板断裂的卡擦声，厚重的棺盖便被高高地撬了起来。老家伙又使劲一推，棺盖应声而落，滑进了棺材和石椁之间的空隙里。紧接着，一股更加浓烈的恶臭从开启的棺木里涌了出来，如潮水般淹没了整个墓室，使人如溺水般无法呼吸。

林国邦他们各自用手捂住口鼻，想要跑出墓穴躲避，却被老家伙厉声喝住："谁都不许走，不然别怪老子不客气。都用手捏住鼻子，拿嘴来喘气。长山，把手电筒给老子！"

这声音里含着一种威慑力，他们三人不敢再跑，只好服从老家伙的命令，又退回到石椁旁。老家伙把钢筋扔到石椁外，接过长山递来的手电筒，往棺材里照去。

只见发黑的木棺底部，沉积着一层污浊的黑色粘稠液体。一具尸骨一半浸泡在液体中，一半露在外面。尸体肉身已腐烂耗尽，只剩下几缕灰白的枯发和一些被那液体染黑的骨架。林国邦他们三人虽然这些年也挖了不少墓，但很少看到这么不堪入目的东西，都忍不住想俯身呕吐。

只有老家伙没反应，神情就像平时看到猫狗撕咬一般冷淡。他俯下身，把没拿手电筒的那只手伸进了棺底的那滩液体里，慢慢地摸索着。

"侯叔，你这是做啥啊？"

林国邦看着他吃惊地问，胃里翻腾着，更加想吐。

老家伙并不回答，依旧全神贯注地低着头用手在黑色液体中摸着。突然，他像触电了一般，身体猛的一颤，脸上的笑纹便如涟漪般荡漾开来。借着移转过来的灯光，三人方才看清，老家伙那抬起的满是粘液的手中竟捏着一枚金光闪闪的金戒指。戒指上还镶嵌着一颗绿豆大小的红色宝石，在灯光的照耀下闪烁如流星。

"嘿嘿，看见没有？老子说过今晚咱们要发财了，咋样？"他将手舒到大伟他们面前，洋洋自得地嘻笑着说。

"还真有宝贝啊……"大伟把脸贴近老家伙的手掌，双眼贪婪地盯着那枚戒指，口中喃喃自语道。

也许是怕被人抢夺，老家伙慌忙把手缩了回去，拿眼斜睨着他们三人，小心提防着把那枚戒指收进自己的裤子口袋。然后从布袋里拿出一卷毛巾，擦干净手上的粘液，对石椁外站着的三人说："还愣着干啥？老子已经给你们做了示范了，快进来帮老子找，不然谁也别想拿份子钱！"

说罢他便抬腿跳出了石椁，站在外面拿手电筒晃动着。

林国邦他们三人不敢怠慢，忙把手里的蜡烛放在石椁四角边沿上。跳进石椁，站在棺材边，学着老家伙的样子俯身在浊液里摸索着。恶臭熏得他们头昏脑涨，只好像水中缺氧的鱼一样，大张着嘴一吞一吐来呼吸，而老家伙就站在外面拿手电筒给他们照明。

一分钟后，大伟和长山首传捷报，他们分别摸到了一对银质耳环和一对银手镯。上交给老家伙后，没一会，他们又摸到了几颗指甲盖大小的珍珠。

老家伙收好珍珠后，兴高采烈的说："这应该是一串珍珠链，时间长了就散开了。你们继续找，给我找齐！"

三人继续摸索，陆续有珍珠和别的金银首饰被发现，但这都是大伟和长山两人摸到的，林国邦一直毫无所获。

他有些着急，总觉得老家伙正在用那双阴险的贼眼盯着自己，是怀疑自己把摸到的宝贝私藏了起来。他一直是背对着老家伙的，这时他身后老家伙的声音响起："国邦，你别在这挡着我了，你去棺材尾那里摸去，看看这死鬼脚上有没有东西。"

林国邦应了一声，忙挪动脚步，去棺材另一头摸索。老家伙不用手电筒照那里，所以那里只有烛光的映照，看东西时不太分明。

林国邦卖力地摸着，但他手指所及之处无不是粘稠的黑液和被腐蚀的凹凸不平的木板。他想摸到点什么，却终无所获，仿佛是浸泡在水中的那具死尸在同他开玩笑一般。正当他为此心烦意乱之时，他的指尖触碰到了一个硬硬的圆环。他猛的抓起，竟是一件翡翠玉环。在烛光的映射下，显得玲珑剔透，褶褶生辉。

"啊！侯叔，你看！"他激动地喊道。

老家伙听见后，拿手电筒往他那里一照，照见翡翠玉环，也是又惊又喜。冲过来一把抢过，用毛巾擦干净，拿在自己手里聚精会神地查看把玩了一番，才开口笑着说："真是件好东西。嘿嘿，国邦，还是你小子运气好，有能耐，不出手则已，一出手就给老子来个大的。好好好，你接着摸，多给老子摸点这种好东西，嘿嘿……"

老家伙笑的合不拢嘴，用手电筒照着玉环仔仔细细地看着，像是在观察成色和做工。

林国邦看了他一会，见他高兴的过了头，自己心里却有些难受。他俯下身继续摸，摸了许久也没摸到什么，就对老家伙说，这头什么东西也没了。老家伙只顾着把玩那枚玉环，对他摆摆手，让他去大伟和长山那边再摸摸。林国邦挪去前边，和大伟站在一边摸索，却始终心不在焉的。

这时，老家伙开口说自己要去外面甬道里撒泡尿，让他们三人先摸着，说罢就拿起手电筒出去了。林国邦抬头瞥了一眼，见老家伙已经走出墓室，就低声问身旁的大伟："你看咱们刚才摸到的那些东西值多少钱？"

　　大伟低声回答："不好说，反正不会少。就说你刚摸到的那个翡翠玉环，看老家伙都乐成啥样了，肯定值大价钱！"

　　林国邦听后，叹口气说："你说咱们这是干啥呢？自己拼死拼活的干，最后捞到的大鱼都进了别人的鱼篓，咱们只能剩点虾米。就这还得看别人的脸色，唉……"

　　"你快别说了，别让老家伙听见。这就是命啊！兄弟，谁让咱们没那个命啊！你别不服啦，快接着干吧……"大伟说罢也叹了口气。

　　"我就是不服……"林国邦还想再说，浸在棺底粘液里的手却被对面的长山轻拍一下。他忙住了嘴，抬头看了长山一眼。长山摆摆头，他会意侧头望去，见墓室门口有灯光照过来。是老家伙回来了，他忙又低下头干活，心里却在不停地咒骂老家伙。

　　"又摸到啥没？"老家伙走过来问。

　　"我又摸到了一颗珍珠。给，侯叔。"长山说着把手里的东西递给了老家伙。

　　老家伙笑着接过，收进了袋子里。

　　大伟开口道："侯叔，我们把这里面摸了个遍，啥都没了。"

　　显然老家伙也觉得差不多了，就对三人说："既然没了就别摸了。你们出来好了，时候也不早了，咱撤吧！"

　　大伟一听这话，立马直起身跳了出来，接过老家伙递过来的毛巾，仔细地擦着手。然后长山也跳出去了，和大伟在争抢那条毛巾。林国邦是最后出去的，他刚把手从液体里抬起来，准备直起身，猛然看见那具尸体的手指骨架上有什么东西闪了一下。借着蜡烛的火光定睛望去，他望见了一枚金戒指。

　　原来之前他们几个都把注意力放在摸索那滩黑色液体上面，谁也没留意那具尸体，自然也没看到尸体指头上的那枚戒指。林国邦本想开口喊他们过来，抬头却见他们三人正在外面站着谈笑，没有注意自己，顿时起了邪念。他悄悄地把那枚戒指从尸体指头上退下来，紧紧地攥进手心里，然后迅速直起身，跳出石椁，走过去接长山递来的毛巾，若无其事地擦着双手。

这时，老家伙开口道："好了，咱要撤了。大伟，去把咱们的蜡烛吹灭，拿过来给我。长山，你拿着钢筋。"

话音刚落，长山已经听话的拾起了地上的钢筋，而大伟却没去拿蜡烛，他指着墓室边角的那些瓶瓶罐罐对老家伙说："侯叔，我想拿几个那些罐子回去盛东西用，行不？"

老家伙今天收获颇丰，心情大好，脾气也大度起来，他笑着说："行，你想拿多少拿多少。"

说罢他还把自己的手电筒也借给了大伟。

大伟喜出望外，忙拿着手电筒跑去挑罐子。长山一看如此，也想占点便宜，就也去挑罐子了。林国邦小心翼翼地擦着手，手指却紧紧地捏着那枚戒指。

老家伙看了他一眼，问他要不要也去挑个瓶子回去用。

"我不用死人的东西，不吉利！"林国邦轻声回答说。

"好，有前途，能成事！好好跟着叔干，叔包你吃香的喝辣的。"老家伙说着在林国邦肩头拍了拍。

林国邦一阵紧张，见石椁上的蜡烛还在烧着，就对老家伙说自己先去收拾蜡烛。老家伙一摆手说了声"去吧"。林国邦忙转身去石椁边，毛巾却还拿在手里。他先拿下两根蜡烛，等到拿最后一根时，他背对着老家伙，听见老家伙正在后面跟大伟和长山说话，让他们挑快点，就没有立刻吹灭烛火，而是先看了看手里的那枚戒指。把它偷偷地塞进自己的裤袋后，他才一口气吹灭蜡烛拿进了手里。

墓室里昏暗起来，林国邦庆幸自己没被人发现。轻松的松了口气。他不知道，在身后的昏暗里，有一双同样昏暗的眼睛正盯着他，目含凶光，像要把他撕碎吞食掉一般。

第十章

　　月影西移，静候在洞口的水生闲坐了一个多小时，忽听见洞中传出声响，接着便看见一个人头从黑乎乎的洞口探出，是老家伙。他急忙站起来上前帮忙，把老家伙拉出了墓穴，跟着便是大伟、长山和林国邦。都出来后，水生看见大伟和长山手里各拿着两个瓷瓶，问他们这是什么宝贝。

　　"这是侯叔赏我们的，你没下去，就没有。"大伟开玩笑说，和长山抱着瓷瓶美滋滋地往车那里走去。

　　这可急坏了水生，缠着老家伙也要两个瓶子。

　　老家伙笑道："你别听他们胡说，那罐子，里面多的是，不值钱。他们说拿回去盛东西，我才让他们拿的，你看人家国邦就没拿嘛。"

　　水生听后还是不依，说自己也得拿两个回去，说着就要往洞里跳。

　　老家伙没管他，林国邦急忙拉住，在他耳边轻声劝道："那东西不吉利。死人墓里的东西，阴气重的很，拿回去，家人要生病的。大伟他们两个傻，你看侯叔就没拿，要是好东西侯叔能不拿吗？"

　　水生听后，用他那少的可怜的脑子想了想，这才作罢，不再下墓去了，却又上前拦住老家伙，问他今晚有收获没有。老家伙用手拍拍自己身上的布袋，里面叮当作响，笑着对他说："今晚大获丰收，嘿嘿。"

　　"那太好了，咱们快撤吧！"

　　水生说着捡起地上的几把铁楸，起身欲走，却被老家伙叫住了："别忙，别忙，你忘了我之前咋跟你说的？我们还得做点善后工作。"

　　林国邦说："做啥善后工作？咱不是只讲究速战速决吗？"

　　老家伙道："咱这次要把墓口堵住。这个墓挺大，搞不好要出事，咱还是把它堵住好，别让别人发现被盗了。"

　　说罢他又转向水生说："你把铁楸放下，去把大伟和长山喊回来。现在时候不早了，咱得赶点紧。"

　　水生应一声去了，不久三人就回来了。老家伙让他们一起用力把墓口的那块青石板推倒重新盖在了墓穴口，然后开始往上堆土。挖坑难，填坑易，不到十分钟的时间，墓丘就又耸立起来。善后工作都完成后，他们便把工具一件件搬上车。少顷，车子发动，一伙人便一道踏上了归途。

路上，林国邦寡言少语，只是凝视着山间那一片片像用墨泼出来的树影，手却伸进衣袋里不停地揉捏着那枚戒指。他外表平静，内心却万分紧张，汗水把他的衣服都浸湿了。老家伙则兴高采烈地坐在一旁，给水生喋喋不休地讲述在墓室里的遭遇。听得水生眼睛圆睁，连叫可惜，还非要老家伙同意，下次再遇见那种墓，一定叫他下去见识一下。老家伙笑着答应了，却又不时地瞥林国邦一眼，看得林国邦猜疑不定，几近崩溃，多次想把口袋中的戒指拿出来给老家伙谢罪，但都被他忍住了。他是很惧怕，但同时他也很不甘心。

当林森从梦中醒来，睁开惺忪的睡眼望一眼窗外即将迎来晨曦的迷蒙夜色后又埋头昏睡时，林国邦他们回到了镇里。把车开进老家伙家的院落后，老家伙便领着四个人进了正屋。桌子上，华婶已准备好了一桌酒菜。

"哈哈哈，来来来，几个崽子都别客气，坐下吧！都累着了，老叔先谢谢你们了。"

老家伙说罢便进了里屋。林国邦他们相互推让着围坐在饭桌旁，但把坐南朝北的位置给老家伙留了下来。

几分钟后，老家伙从里屋出来，身上的那个布袋已然不见。他笑着走到桌旁，毫不客气地坐到了空着的那个位置上，拍着两旁水生和长山的肩膀说："吃吃吃！让你们别客气，你们还不开动。快吃吧，老子都快饿死了！"

说罢他就率先举筷，把一块肥肉塞进了自己嘴里，林国邦他们这才跟着老家伙一起举箸下筷。

水生把桌上的那瓶杜康老酒拧开，给五个酒杯都斟满后，先举起一杯敬给了老家伙。五个人碰过后一饮而尽，然后接着吃菜。如风卷残云般，一桌酒菜已去了大半，五个人都吃得醺醺的。老家伙打了个饱嗝，用衣袖拭去嘴上的汤汁，将那双沾满油脂的脏手伸进衣袋摸了许久，才拿出了一塌粉红色的百元大钞，仔细数了几遍后，均分给了四人。他们接过钱后也不细数，就揣进了各自的衣袋里。

老家伙在一旁敲着筷子嚷道："都不点点啊？快仔细点点，按老规矩，每人是六百。不过今天这个墓有点难搞，各位辛苦了，我就每人又给你们多加了一百，一共七百，点点吧！"

四人都答说不用啦。水生接着说："侯叔，你刚刚点的时候我们都看得一清二楚，不会出错的。再说，你老也不会骗我们的，对吧？还给我们多加了一百，用电视里的话说，你老有尿性，怪不得能成大事。"

老家伙听后喜不自胜，直夸水生会说话。

这时，大伟开口告辞："侯叔，事都完了，饭也吃了，酒也喝了，我就先走了。我得回家睡会了，今个真是累着了。我走了啊！"

他不等老家伙说话，就起身离席，走出房门，径直去了。随后，水生和长山都说有事，也相继走了。

房间里只剩下林国邦和老家伙两个人了，林国邦本来也想早点走，但他以往都是走得最晚的，有时还要单独和老家伙再喝会酒聊会天，所以他今天也不能太反常。只好如坐针毡般坐在那，慢慢挨着。他的心里七上八下的，抬起头看一眼老家伙，老家伙没有什么异常，正在剩菜里挑捡自己爱吃的肥油肉。

林国邦不说话，老家伙也不说话，他拿起酒瓶在林国邦的杯子里倒满，又在自己杯子里倒满。倒完两杯，酒就没有了。老家伙举起酒瓶，把里面剩的最后几滴酒倒进嘴里，又用舌头在瓶口舔一遍，才开口说："国邦，最近是不是又缺钱啦？"

林国邦一听这话脑子顿时炸了。他肯定老家伙看到他私藏戒指了，不然不会问这句话，但他不敢承认，而是假笑着说："你老咋这样问？我最近是挺急的。"

老家伙呵呵一笑道："你小子啥时候不急？哪次问不都是说挺急嘛！"

林国邦听后松了口气，但仍是惴惴不安地说："手头有点紧，不过现在好点了。"

他说着，拍了拍自己那个装着老家伙发的七百块钱的衣袋。

老家伙斜睨了他一眼，关切地问："说吧！到底欠珍霞多少钱？"

老家伙口中的珍霞是镇上一个地下赌场的老板娘，和林国邦很熟。林国邦经常去她那里赌钱，输了就找她借钱。

"没有，没有……很多，就一点点，我自己很快就能还上了，不劳老叔费心了……"林国邦说。

"好，有你这句话就好！"老家伙说着从桌上端起了自己那杯酒，没和林国邦碰杯就一饮而尽了。

他阴沉的脸上顿时涌起一片丹红，像抹了层胭脂一般，然后他放下酒杯，又用眼睛盯着林国邦，动情地说："我告诉你，国邦，你们几个人之中，我最看好你，也最欣赏你。你有啥难处，可以直接跟老叔说，老叔能帮你一定帮。钱的事，对老叔来说不是啥大事，你要多少尽管来找老叔借，老叔借给你眼都不眨一下，知道了吗？"

林国邦知道老家伙是喝醉了，而且他也清楚老家伙的为人，但他还是有些感动。他举起酒杯，对老家伙道："叔，有你这些话，我啥都不说了，都在酒里……"

说罢一饮而尽。然后老家伙就说自己困了，想要睡觉，让林国邦先回去吧。林国邦起身告辞，老家伙一直把他送到大门外，又嘱咐他有钱了先装一个电话，以后干活联系起来方便，林国邦答应了，他才转身回去。

东方发白，晨光熹微。月亮久久不肯落下，和仅存的几颗星辰一起观望着地下早出和晚归的人。微凉的晨风夹带着丝丝寒意。远处，炊烟袅袅，端端直上，融入了晨曦中。林国邦快步走在清幽的街巷里，偶尔和几个素不相识的路人擦肩而过。他本已有些醉意，被清风一吹，脑袋更加昏沉，走起路来都摇摇晃晃的。

回到家后，他径直走进房里叫醒了还在床上昏睡的林森，从衣袋里摸出五块钱放到他床头，交代说："小森，你自己拿着这些钱去街上买点吃的，爸先去睡了。"

　　说罢，他就出去了。林森被叫醒后，见他彻夜不归，浑身还带着酒气，衣服也脏兮兮的。本来想狠狠地嘲讽他几句，但转念想到还要让他给自己买新鞋，最好先别惹他，就强压住心头怒气，转过身接着睡觉。林国邦走进自己房间后，手忙脚乱扒去了身上的脏衣服，倒在床上呼呼大睡起来。

　　几十分钟后，旭日东升。林森睡醒，起床洗漱完毕，拿起钱和书本正要出门，又走回到父亲房门前说："喂，别忘了去给我买鞋啊！"

　　林国邦鼾声大作，没有反应。林森狠狠地在门上捶了几下，才把他惊醒。林森又把话给他重复了一遍，林国邦说自己记住了，林森这才退出房间，关好家门上学去了。

　　林森到校上完三节课，喇叭里便传出了到操场上开全体师生大会的通知。下楼时，恰巧在楼道口遇见正在巡查的贾校长。林森本想躲开，贾校长却主动迎上来笑着问："林森，演讲稿准备好了吗？"

　　林森点了几下头，贾校长又笑着说："那就好。来，我帮你看看，在哪呢？"

　　林森回答说："在这！"

　　同时用手指指自己的脑袋。贾校长愣了片刻，醒悟地笑道："好！人才啊！哎，一会儿上台的时候可千万别紧张，自然一点。走，你不用去站队了，直接跟我去台下等着吧！"

　　说罢他就反背起手，领林森走过侧门，穿过操场，到了球场前的升旗台旁。

第十一章

　　虽然已有副校长和各班班主任在下面维持秩序，但现场还是像游行示威那样混乱，如沸腾的开水。操场上队列歪斜，高低不齐。学生们的嚷叫声、欢笑声、互骂声和老师们的恐吓声、指责声不绝于耳，如一团混杂的丝线缠绕着同样混杂的校园。林森在一旁看见贾校长脸色铁青，怒目而视着那些久久还未平静下来的班级，嘴上不禁潮起了一波冷笑。

　　经过老师们长时间的驱赶，才将飘荡在操场四周的噪音清除干净。贾校长紧皱的眉头稍有舒展。他缓步走上旗台，接过教导主任手中的话筒，面对着全校师生，先假咳了几声，才开口致言道："同学们，今天是星期五，召开这次全校师生大会，是因为我有一件特别的事要告诉大家。"

　　说到这时，他停下换了口气，接着说道："同学们都知道，在我办公室门前装有一个意见箱。本意是想让大家多提意见，加强师生间的沟通和交流，但安置这么久以来，我没有接到过一封书信建议，也就逐渐荒弃了。可就在昨天，我终于在里面发现了一封书信，那是咱们学校的一个学生写给校领导的意见书。他是谁呢？他就是九年级四班的林森同学，他在那封意见书最后的落款里留下了名字。大家应该都听说过他，他可是咱们学校的风云人物，是一个品学兼优的学生。收到他写的意见书，我是激动又兴奋，急忙拆开，仔细读了一遍。说实话，他的文笔是好的，才华横溢，当然这都得益于他博览群书，这一点，同学们都应该向他学习，没事多读几本书，毕竟书籍是进步的阶梯嘛！再回到他的那封意见书上，在我看来，他提的那几条意见都不太成熟，甚至说过于幼稚。当然我并不是批评他，你们都是孩子，思想、视角可能都不成熟，所以提的意见也都难免会孩子气一点，但他的行为，我还是要着重表扬一下，他开了一道先河，以后同学们也应该像他一样，多给校领导提意见，这样，我们的工作才会有所进展，才会把我们的校园建设的更加美丽，更加和谐！昨天上午放学时，我把他叫到我的办公室，认真开导了他一番。他意识到自己提的意见不太成熟后，羞愧不已，执意要将那封意见书要回去，我原本是想在今日的大会上念念那封意见书的，却也只得作罢，把那封意见书还给他，所以现在我也就不念了。另外，我还把一本装帧精美的日记本送给他，作为奖励，以后如果有同学像他一样，积极的给学校提意见，提那些合理恰当的意见，我还会给奖励的。不过话说回来，虽然这次林森同学提的意见不尽完美，但从那封意见书上看得出来，他的文笔确实很好，这就是读书的好处啊！下面，就请林森同学来跟大家聊聊如何读书吧！大家多吸收，多借鉴。来，欢迎他上台，大家一起鼓掌。"

说完后，他侧身笑望着林森，示意他上台。林森收起满脸的鄙夷和不屑，在一阵稀稀拉拉的掌声中从容地走上旗台，拿起贾校长递来的话筒，面对着台下松松散散的队列，昂首挺胸地开始了他的那篇演讲。

"同学们，校长让我谈谈读书，那咱们只能听命，来聊一聊读书。在爱好读书的人眼里，读书可谓人生中的一大乐事，尤其是读小说。大家想一想，寒雾氤氲，冷雨敲窗，独坐于一间窗帘紧闭的幽室里，膝上一本小说，手举一杯香茗，这是多么的惬意啊！但是，读小说要加以选择的读，有些小说读来如食肉糜，回味无穷，而有些小说则如饮淡水，寡然无味。那我们不禁要问，哪些小说才适合读呢？我的回答是文学名著。读经典文学作品，因为这些名著都是先贤伟人思想的结晶，是他们遗留给子孙后代的最宝贵的财富。阅读名著不仅能够提升我们的思想高度和思维广度，还能帮助我们更真实的认识生命，感悟生命，更充实的享受生活，欣赏生活！想我们中华文明，悠悠千载，诞生了许许多多文学名著，每一本都是不朽的，从楚大夫的《离骚》，到苏东坡的诗词，从孔夫子的《论语》，到曹雪芹的《红楼梦》，无不在向世界展示着中华文化的博大精深。而我们身为中国人，身为中华民族的希望与未来，更应该多读一些中国古典文学名著。毕竟认识自己才能发展自己，了解过去才能航向未来！说了这么多，那到底我们该读哪些文学名著呢？当然，四大名著已不消说，《聊斋》、《儒林》也不可错过。而今天我正是要给大家推荐一本好书，一本不可多得、独一无二的好书。这本书大家或许听说过，或许从没听说过，下面我就跟大家谈谈这本书吧！但是要谈这本书，我们就不得不提四大名著。而提起四大名著，我们都不陌生，尤其是《西游记》。我们从小就是看着由这本书改编的电视剧长大的，而我要说的那本书就是和它成书于同一时期，并且具有同等的文学价值。它是我国第一部由文人个人创作的长篇章回体小说，也是我国第一部以家庭为题材的小说，它就是不朽巨著《金瓶梅》！"

　　林森停顿一下，扫了一眼台下，只见大多数学生翻着白眼，不解其妙，少数几个学生低头偷偷地笑，教师们则一个个面红耳赤，齐齐惊讶不语地盯着自己。林森笑了一下，没看贾校长一眼，接着说："《金瓶梅》与《三国演义》、《水浒传》、《西游记》合称为四大奇书，清朝文人张竹坡又称它为第一奇书。它的作者署名是兰陵笑笑生，很明显，这只是个笔名，它的作者究竟是谁，现在也无定论。《金瓶梅》全书共一百回，以《水浒传》中武松杀嫂一节为引子，通过对官僚、恶霸、富商三位一体的反动势力代表人物西门庆及其家庭罪恶生活的描述，托古讽今，暴露了明代封建社会的封建与腐朽。书中着力塑造了一大批血肉丰满、栩栩如生的女性人物，如杜月娘、潘金莲、李瓶儿、庞春梅等。而实际上，无论是题材、结构还是表现手法，《金瓶梅》都达到了当时的最高水平，并且给后世的小说创作树立了榜样。其中当数《红楼梦》受它的影响最深，现代著名学者何其芳曾经作出多项研究，证明《红楼梦》与它有很大的渊源。说到这里大家也许要问，它这样一部巨著为何没被列入四大名著中，而且还很少被人提及呢？我告诉你们，这是因为它里面有太多的自然主义描写。什么是自然主义？它是十九世纪后期欧洲兴起的一种文艺思潮，其理论创始者是法国作家左拉，代表人物是龚古尔兄弟。该派主张在文学创作中运用生理学等理论去分析表现人物的生物本能，因而在文艺创作中注重现实生活中个别琐碎的现象。说白了吧！就包含我们所谓的性描写。"

　　林森信口胡说到这里时，台下顿时骚动起来，男学生坏笑不已，女学生一个个羞得满面通红，相互默语对视着。老师们也变得焦躁起来，皱紧眉头，盯着自己所带的班级队列。林森听到身后传来贾校长的一阵假咳，像是在提醒自己，但他并未理会，只冷眼斜睨了贾校长一眼，又引经据典起来："其实，性描写作为一种艺术表现手法，经常被作家运用到自己的作品中去。像英国著名作家劳伦斯，他的代表作《查泰莱夫人的情人》可谓写性露骨到了极点。再就是纳博科夫的《洛丽塔》，贾平凹的《废都》，村上春树的《挪威的森林》。而在《金瓶梅》中，性描写也是浓墨重彩，精彩万分啊！性交场面纷至沓来，令人血脉贲张，欲罢不能！"

台下爆出一阵哄笑，有些男生挥动双臂，高声叫起好来，但随即就被脸色铁青的老师们给联合镇压了下去。

贾校长在林森身后发出一阵更加剧烈的假咳，林森偷瞥他一眼，只见他半弯着肥硕的腰背，手捂在嘴上，面色通红，额头汗如雨下，一边大声地咳着，一边直向林森使眼色。他双眼圆睁，眼球仿佛要被弹出一般，像极了一幅外国漫画中的小丑。林森不禁偷笑一下，装作若无其事的样子，继续演讲："大多数评论家们认为《金瓶梅》中的性描写是一个败笔，我却不这样看。相反，我认为性描写还是《金瓶梅》的一大特色所在。它让《金瓶梅》有一种不同于其他小说的独特魅力，它更能凸显出《金瓶梅》中各色人物的性格和心理，是塑造人物必不可少的点睛之笔。我觉得性描写作为《金瓶梅》这座文学大山的一部分，自有其存在的意义和价值。我们不能因其太过直接而舍弃它，排斥它，当然，我也不是说大家都应该迎合它。说实话，我十分厌恶那些把《金瓶梅》当色情小说来玩乐的庸俗之人，我希望同学们千万别学那些人读《金瓶梅》，我们应该怀有一分尊崇，一分静穆，绝不能有一丝一毫的私心杂念，要看出这本伟大作品的灵魂，看出它的精华。正如咱们尊敬的贾校长说的那样，要多吸收，多借鉴！"

又是一阵叫好声，淹没了整个校园。嗓子都快咳破的贾校长再也忍不住，他一个箭步跨过来，身子挡在林森的面前，夺过他手中的话筒，呼呼地吹了几声，哑着声音说道："同学们快站好，静一静，听校长跟你们说。"

台下稍微安静了一点，贾校长抹去额头上的汗水，说："现在让咱们谢谢林森同学的精彩演讲，时间不够了，已经放学了，所以……"

"我的演讲还没完呢！"林森高声打断贾校长的话道。

台下再次喊声大震，许多爱闹事的男学生激动的嚷叫起来："让他说下去！别打断他！让他演讲完！"

呼声此起彼伏。贾校长呆了片刻，无奈地叹了口气，咬咬牙把话筒交还给了林森。又恶狠狠地瞪了他一眼，就闭上眼睛转到一旁，低着头不再说话了。

林森拿着话筒继续说道："最后，我要告诉大家，《金瓶梅》是一本好书，不读就太可惜了，咱们镇上的书店就有卖，也不很贵，你们少吃点零食，少去几次网吧，就能买一本了。它对你们会很有帮助的。好了，我的演讲完了，谢谢大家。"

林森说罢，俯身向台下鞠了一躬，把话筒还给贾校长，在一阵热烈的掌声中走下了旗台。

随后，贾校长那嘶哑的声音再度响起："林森同学的演讲的确很精彩，可以看出他平时阅读书籍所留下来的积淀。他推荐的那本书也是一本不错的书，但是同学们，你们现在是学生，主要任务是学习，不能在课外书上浪费时间，消耗精力。你们应该一心扑在学习上，我以后如果看见哪位同学在学校读课外书的话，当即没收，不再退还。另外，我向你们保证，咱们镇上的书店里绝对没有《金瓶梅》这些书，因为我和那个书店老板也是朋友，那家书店我也常去。好了，散会吧！要回教室的同学自行回教室，要回家的也可以直接回家了，解散！"

他说完就怒气冲冲地走下旗台，将话筒丢给教导主任，谁也不理，径直走了。

林森也下了旗台，往侧门那里走去。周围有很多相熟的同学不停地喊他，与他取笑逗乐，他却无心同这些人调笑，只简单应付了他们几句玩笑话，就躲开了。出侧门时，林森遇见了他的语文老师。语文老师把他拉到操场墙角下，怒然批评了他一番，说什么他败坏学校风气、腐蚀同学们道德心灵一类的话。林森心不在焉地听着，只顾低头俯视脚下正在觅食的两只蚂蚁。语文老师见他如此，知道再说下去他也不会听取，

气的不说了，丢下他独自走了。林森感到口干舌燥，就拿着早上父亲给
的钱，去学校便利商店里买了瓶饮料，边走边喝。

第十二章

　　林森出了校门，转上公路。街道上车水马龙。秋日正午稍稍热烈的阳光直射着小镇。金风轻拂，花坛里桂花飘香，道旁柳枝依依。林森快步走在路上，因为早上没吃早饭，腹内饥肠辘辘。这时，他看见前方路边镇派出所门口挤了一大群人，吵吵嚷嚷，声音嘈杂。他以为又出了什么案件，就想上前看看了解一下，为自己的写作增添一点素材。

　　他拥上前去观望，隐约看见人群中有十多个壮年男子在和几位民警争论，却听不见他们在说什么。这时他听见身边一个青年小伙问一位秃头老人这里发生了什么事。

　　老人瞥了他一眼后答道："没听说吗？李家村的一个坟被盗啦！"

　　青年又问这是什么时候的事。老人回答说好像就在昨晚。

　　青年问那些盗墓的人抓住没有。老人答："上哪抓去？谁干的都不晓得，听说是今天他们村一个人早起去山上放羊，走到那个坟那里时，看见那个坟像是被人挖过了，觉得不对，就赶紧回去通知了村里人。一起过去一看，是被人盗了，就过来这里闹，想让警察快点破案。"

　　青年听后，沉吟了片刻，又开口问："墓里到底有啥宝贝，那伙人就不怕？"

　　老人说："谁知道呢！听说他们村里人也把墓挖开了，进去一看，棺材都被撬开了，里面除了尸体，啥都没有。至于丢了啥，他们村里人也不知道，怕只有棺材里那位知道了……"

　　老人说到这时，里面民警见聚的人越来越多，怕影响不好，就出来驱赶，让大家赶紧散了。

　　林森看其他人都散开了，就也抬步走了。路上，他把剩的半瓶饮料一口喝完，瓶子给了一个沿街捡垃圾的乞丐。他回到家，见林国邦仍在埋头昏睡，就没叫醒他，一个人去厨房煮了方便面。就着昨天的剩馒头狼吞虎咽后，他把碗筷放在桌上，就又出门到学校去了。

　　日过中天，正当林森在学校上第二节课时，家里林国邦醒了。他睁开睡眼，望了望墙上的钟表，穿好衣服下了床。走出房间后，他看见儿子放在桌上的碗筷，就用手端起，转进厨房，放到了水池里。然后他倚门而站，从衣袋里掏出打火机点燃了一支香烟，悠悠地吸了一口，长长地吐出。

蓝烟袅袅，如一方淡薄的丝纱，遮挡在他紧皱的眉宇前，模糊了他迷茫的眼神。一支烟燃尽，他扔下烟头，用脚踩灭。抬头眯眼望了望长空中的那轮金阳，转身走到水池旁，洗好儿子的碗筷，又点火煮了碗面条。吃过后，他把锅碗刷过，洗净自己昨晚干活的衣服，晾到房顶后，便锁好家门，把钥匙藏在门前的一块红砖下，就上街去了。

正如林森后来说的，林国邦的确没有去上班，也没有去给他买鞋，而是去了镇子南边的一个棋牌室里，那里设有一个地下赌场。林国邦一进门，便有一个阴阳怪调的女声传来："哟，国邦来啦！"

紧接着，还没等他搭腔，就有一个三十多岁、衣着华丽的女人从柜台那里迎出，扭着细腰走过来，用手扯着他的胳膊。女人涂脂抹粉的脸上荡起层层浪笑，语调亲昵地说："你可有日子没来啦！又到哪发财去了？"

林国邦笑应道："去阴曹地府发财去了，那赌鬼可不少，你要也想发财，就听我的，去那开家分店。"

女人接言问："去那儿坐哪路公交汽车啊？"

林国邦高声笑道："不用坐车，你去街上买瓶敌敌畏喝了就行。"

此话一出，室内立时爆发一阵哄笑，女人在他背上狠狠捶了一下。

林国邦又去和几个熟人寒暄一番，这时听到门口传来一阵吵嚷声，那个女人忙去查看，几分钟后又骂骂咧咧地回来了。林国邦问她出了什么事，女人一皱眉道："这些天不知从哪来了一个老疯子，不知抽了啥疯，非要来我这里找什么鸟蛋。好不容易赶走，过两天就又来了。这种人你也打不得，不然他敢天天来，烦死人了！"

林国邦听后嘻嘻笑道："这啥大事啊！给点钱，让他去买点吃的不就好了。"

女人眉毛一挑道："咋没给？给了，钱拿走了，人也走了，可没两天就又来了。非要啥鸟蛋，老娘去哪给他找鸟蛋去！"

林国邦浪笑道："要不你给他下一个让他拿走得了。"

"去你的！"女人骂着又在林国邦背上捶了一下。

林国邦忽然想起什么，收起笑容道："我倒想到个好办法，他不是只要鸟蛋嘛，咱这儿河滩的苇荡里鸟多，肯定有鸟蛋，你让他自个上那儿找去，多好。"

女人听后眉毛一展，一拍额头道："对啊！我怎么就没想到呢，还是你脑子灵光。嗯，就这么办，我这就去跟他说去。"

林国邦问："他还没走？"

女人答说："没呢，人在我门口墙边坐着，边晒太阳边哼曲，见有人来就拦住人家要鸟蛋，也不知道脑子缺了哪根弦。你先下去吧！国强他们正在下面玩呢，我这就去把那疯子支走。"

说罢就兀自去了。

林国邦朝四下瞥了一眼，轻轻咳了两声，见没人注意，身子一闪就进了旁边的里屋。他走到一面木柜前，拉开柜门，里面没放任何物件，黑洞洞的，连接着一条通往地下室的甬道。洞中往外呼呼地冒着风，风中夹杂着汗臭和烟味。他抬腿进入，关好柜门，洞中的风顿时消失，光线也暗淡下来。他小心翼翼地沿着石阶往下走，想起昨夜进那个墓穴时的情景，身上不禁冷汗直冒。

转过一个弯后，甬道尽头遮有一方帷幕，后面有灯光透出，声音也更加清晰。他辨出那是王国强、金贵以及良子的声音，心想和他们开开玩笑，吓他们一回。就轻手轻脚地走到帷幕前，深吸一口气，然后突然掀起幕布，身子如猎豹捕食一般猛扑进去，同时口中大声叫道："都别动！举起双手！"

只这一声石破天惊的吼叫，已把室内的那些人惊得魂飞魄散。

年轻力壮的良子吓得双手抱头，直往牌桌下钻。已近暮年、大腹便便的金贵惊叫着后退，蜷缩到了屋角的暗影里。而满脸络腮胡子的国强则急忙用桌布包裹起满桌的牌和赌资，往自己的怀里揣。看到他们的狼狈模样，林国邦不禁开怀大笑，笑声洪亮，在狭小的地下室里听起来如雷鸣炮响一般。

此时，国强他们已经反应过来，一个个怒目圆睁，瞪着林国邦。林国邦忙止住笑声，上前服软道："都别生气，别生气，兄弟开个玩笑而已，我给你们几位赔不是啦！"

金贵直起身，走到灯下对良子说："这小子天生就是个蚊子脾性，到哪都招人烦！"

国强把怀揣的牌放回桌子上，抬头问林国邦："这些日子不见你，今天要不要玩两把？"

林国邦说："两把？老子今天要玩个七、八十来把，没有人输完就不起身！"

国强一摆手说："好！来，哥们奉陪！"

于是四人同时落座，哗啦啦的开始洗牌码牌。国强又说："今个高兴，咱们玩个大的。点炮二十，自摸一人三十块，坐庄翻番，杠上开花一次五十！敢不敢？"

良子连声叫好，林国邦也说奉陪到底，只有金贵没搭腔，好像是嫌贵。

林国邦拍着他的肩膀笑道："怎么？你老不敢啦？"

金贵一怂肩膀，厉声道："谁不敢谁是孙子！来来来，快开牌！"

四人选了庄家抓了牌，一开始林国邦连赢了几把，口中笑声不断，意气风发，志得意满，很是骄傲，但随后便连着输起来，直到那个女老板珍霞也下来坐在一旁观看时仍是毫无起色。这时他脸上的笑容早已无影无踪，额头皱纹紧锁，汗如雨下，手也跟着颤抖起来。但幸运女神就是不眷顾他，两个多小时他就把昨夜挣得七百块钱给输光了。

这时国强开口问："怎样？国邦，还来吗？"

林国邦抬起头看了一眼他那张洋洋得意的大脸，心中一阵厌恶，开口高声喝道："来！"

金贵说："那资金……"

林国邦说："钱我有，放心吧！"

说罢从衣袋里摸出了昨夜私藏的那枚金戒指，递到珍霞面前说：

"珍霞，你看这个戒指值多少钱？给我折几百。"

珍霞接过，审视了一番后说："货是真的，不过含金量有点少，给你这个数吧！"

说着伸出四个手指。林国邦头一点道："成交，快给我取钱来！"

珍霞眉开眼笑地把戒指套到了自己的手指上，笑眯眯地出去了。

几分钟后，她把四张百元大钞递给了林国邦，俯身问："这东西你哪来的？不会有啥问题吧？"

林国邦接过钱："放心吧！我家祖传的，先压在你这儿，赢了钱，我还要拿回去的！"

说罢又转向国强三人说："钱有了，来来来，接着来！"

国强三人都不说话，边洗牌边相互使眼色，脸上的表情都很微妙。

接下来的一个小时，林国邦仍旧只是那个字——输！钱如流水般散去，全落入了国强三人的衣袋里。最后他输得只剩下了一百块，他发疯般地把钱往牌桌上一拍道："最后一局，这个数！"

国强三人相互对视了几眼，异口同声说："来！"然后他们就洗好牌开始了。

林国邦极其紧张，脑子里只想着牌桌上的那些麻将块。手臂上条条青筋凸起，如盘曲的树根。看每张牌时，他都是瞪大眼睛，目光中火星闪烁，但随即就因拿到了无用的牌而自动熄灭了。周而复始，他感觉自己的眼睛都快要瞎了，眼角刺痛难忍。后来，他看桌上一筒和三筒已经全部打出，二筒也已出了两张。他自己手中又摸到了一张二筒，留之无用，断定没人会赢这张牌，就一挥手打了出去。

谁知他手中的牌刚打出，国强就高声喝道："停！"

然后推开自己面前的牌，兴高采烈地望着众人。他赢了。他就是单调最后一张二筒。

这一刻，林国邦体内的支柱轰然倒塌。他伏在牌桌上，一动不动，像是累得虚脱了。

国强笑着拿起那张百元大钞，揣到自己怀里，然后拍着林国邦的肩膀笑道："国邦，别在意啊！这牌桌上钱如流水，今天流到我家，明天流到你家，哪有个定所？为这几百块钱，不值当，算了吧！这样好了，咱们出去下馆子，我请客，走！"

他说完后，林国邦缓缓地直起了身子，淡淡地说："不用了，我儿子还在家等我做饭。今天就到这儿吧，改天接着玩。"

然后擦去了脸上的汗水，起身欲走，却因身心疲惫，脚也走不稳。珍霞忙扶住他，送他出去。

国强在他身后说："国邦，那慢走啊！不送了。"

林国邦无力地摆了摆手作为答复，跄跄踉踉出了地下室。

他不知道，他刚出去，良子就用新买的手机给老家伙打了个电话。

大厅里，烟气缭绕，熏得林国邦脑袋更加昏沉。他放开珍霞，不顾熟人们的招呼声，像一具行尸走肉般缓慢地朝门口走去。走出如一潭死水的厅堂，他发现外面已是华灯初上。凉风拂面，稍觉清醒，但脑海却变得空灵万分，什么事都忆不起来。他失魂落魄地踱下台阶，慢慢地往家走。

第十三章

　　家里，林森早已放学，发现家门紧锁，摸出石头下藏着的钥匙开了门。发现父亲出门未归，猜想他给自己买鞋去了，林森心中兴喜异常，就在桌子上边写作业边悠悠地盼望着父亲归来。但直到夜色降临，却仍没听到家门开启，林森不禁有些焦急，不过，一想到自己的新鞋，心情就又好转过来。

　　这时，家门开了，林国邦垂头丧气地走进来，林森看他两手空空，不由有些气愤，恶狠狠地瞪着他。林国邦见儿子这样，以为他是责怪自己没有早点做饭，就对他说自己马上就去做饭，但儿子却并没有泄气，仍旧瞪着他。他这才想起了儿子交代的买鞋的事，吞吞吐吐了好大一会儿才说出这样一句话："小森，爸的钱花完了，最近手头紧，你等过几天我发了工资再……"

　　他还没说完，林森就冷冷地打断道："又输光了吧！"

　　说罢，换用一种鄙夷的眼光肆无忌惮地盯着他那羞红的面孔。林国邦受不了儿子的这种眼光，急忙转身逃进了厨房里，点上火炉，淘米做饭。

　　阴暗的厨房里，林国邦神情凝重地站在火炉前，火光跃动，映红了他那黝黑的面孔。他的眼中闪着泪光，如铁般沉重的目光一动不动地望着火焰。突然，他抬起手狠狠地抽了自己一巴掌，立时，他的脸颊显得更加红了，像黑铁上涂了一层血。吃过晚饭，他就去了厂里，先请了明日的半天假，又向厂长预支了两百块工钱。

　　第二天上午，天气晴朗。他上街去买了一双灰黑色的运动鞋，又去菜市场买了块猪肉，中午回家给儿子包了顿饺子。由于是星期天，林森一直睡到中午，才被他叫起。美美地吃完饭后，林森换上新鞋，心情也好了许多。午后，林国邦上班去了。林森独自在家无事可干，忽想起雨蝶正帮自己誊写那篇小说，寻思着去看看，于是离家出门，朝雨蝶家走去。

他转过几条街巷，途经一处破败的旧祠堂时，瞥见残砖断石中藏着一对正在交配的黄狗。他玩心顿起，就走近去看。观望一会儿后，兴趣索然，于是转身离去。走到雨蝶家，看见门户紧闭。他敲了敲门，却没人应，又在门前徘徊了一会后，他只好怅然若失地迈着慵懒的步伐上街去了。

正午已过，天气却愈加热了。湛蓝的空中，没有一丝纤云。一轮金阳怒气冲冲的蹲伏在天壁上，被气得通红的圆脸直刺得人睁不开眼睛。地面涌动着一层热浪，却没有一丝风，像一团热乎乎的粘液。道旁的柳树耷拉着脑袋，沾满尘土的枝叶无精打采的萎缩成一卷。绿荫中，栖息着一只只昏昏欲睡的鸟雀，偶尔发出一声引人睡意的昏鸣。但在市集上却是一幅截然不同的景象。林立的店铺门户洞开，路中央车水马龙，卖水果的，卖衣裤的，卖吃食的……应有尽有；逛街的，赶路的，做工的……摩肩擦踵；车鸣声，叫卖声，吵嚷声……声杂如雷。天气虽然有些燥热，却也没有对人们产生任何影响——他们依然为生存、为名利、为权势而乐此不疲的奔波忙碌。

林森漫步在街头，形形色色的人从他身旁流过，他漫不经心地浏览着两旁店铺里陈设的商品，看有什么自己感兴趣的。这时，前方柳荫下的一个地摊引起了他的注意，那是一个旧书摊。铺在地下的白帆布上，几百本旧书被整齐地摆成了一个炕台，一个苍颜白发的老头直挺挺地躺在上面，悠闲地打着盹儿。他跟前没有一个顾客。

林森走上前去，静静地查看着老头身下的那些旧书，见大多是一些现代作家的小说散文。又见老头的屁股下还垫着一本装帧精美的书，竟是一位文坛新秀的《梦里花开又花落》，嘴角不由露出了微笑。随后，一个穿西装戴眼镜的男子走过来，低头审视一番后，指着老头头下枕着的一本旧书问："喂！把你头下的那本书拿给我看看。"

林森向男子指的地方望去，望见那本书是《肉蒲团》，心里顿时有些想笑。

老头毫无反应，那个男子再次开口道："喂！老头，你快点，我要买！"

这次老头侧过身，眼却依然闭着，不耐烦地朝他一挥手："不卖，不卖，老子还要看呢！"

说罢顺手从旁边又拿过一本厚书盖在了自己脸上，是贾平凹的《废都》。

那个男子低声骂了句"有病"，便气呼呼地走了。

林森依旧站在那，感叹这个老头是个奇人。这时，老头翻了个身，口中轻声念出了一句诗："何时得遂田园乐？"

林森在历史课本上见过这句诗，知道是明初老儒钱宰所作，于是顺口接出了下句："睡到人间饭熟时。"

话音刚落，那个老头就有了反应，用手拿开头上的《废都》，侧头瞥了林森一眼，边上下打量着林森边问："看中哪本书了？"

林森随口答说："就你那本《废都》。"

老头听后立即把书扔给林森，又说："看你是个学生娃，没啥钱，送你了。"

然后对林森摆摆手，示意他不用多说什么，自己又翻个身睡着了。林森捡起书，笑了笑，就慢慢地离开了。

第二天，林森一整天未出门，待在家里把那本《废都》通读一遍。虽然他早就看过这本书了，但再次读起，却别有一番体会。

次日又是星期一，中午放学时，林森正准备回家，雨蝶来找他交还眷写好的小说。

他问雨蝶星期六下午去了哪里。她说："你去找我了？我没在家，那时正好跟我妈去庙里烧香了。"

林森又问去了哪个庙。雨蝶白他一眼道："还有哪个庙？就东山上那个云月庙。真倒霉，去那一趟，我的玉还丢了呢！"

林森听后，朝她的脖子上望去，看见系着的红丝果然不见了，就打趣道："苍天有眼啊！不然你又戴着显摆了。"

雨蝶听后，笑着打了他一拳，然后严肃起来说："我记得你妈的坟就在那一带，好像这个星期天就是她的祭日了吧？"

林森脸上的笑容消失了。他点了点头，神色黯然起来。雨蝶安慰了他几句，又拉他回到教室，说让他给自己讲几道题。两人在林森的位置那里坐定，雨蝶就拿起林森的课本翻看，却从书中翻出了林森保留的那页豆豆写的便签。雨蝶看后不明所以，问林森那是什么意思。林森先是一笑，继而把来龙去脉告诉了雨蝶，却有意没说那个疯乞丐要教豆豆唱歌那一段，只说她是路上遇到了麻烦。

雨蝶听后若有所思，问林森怎么之前没听他提过这件事。

林森答说："这又不是什么大事，有什么好提？你要不翻出这个，我都快忘了。"

雨蝶又低头看了看手中的便签，问林森为什么要保留着这个。

林森用手接过去看了看，说："没什么，就是觉得有趣。你看小孩子这字写的多有趣，我怎么就没有一个妹妹呢！"

雨蝶却说："有趣？我看你是觉得小女孩姐姐有趣吧！"

说罢还严肃地拿眼直盯着林森。

林森抬头瞥她一眼："唉，你这什么意思？"

雨蝶没好气道："我什么意思，你自己明白，我说这些天老看见你和高雨霞眉来眼去的，原来有这段姻缘在里面。看来这是天意，高雨霞挺漂亮的，家里又有钱，你走多大的桃花运啊！"

林森听后，心里明白她这是吃醋了，就故意拿话激她道："对啊，至少少奋斗二十年！"

雨蝶听不懂他这话的意思，就问他说的什么。

林森回道："你说的嘛，高雨霞家里有钱，那我跟她在一起，不是不用那么拼了，直接就能成功，少奋斗二十年啊！"

雨蝶明白后更加气了："噢，原来你果然有这意思，要不要我给你当红娘？"

林森忙说不用了，自己喜欢凡事亲力亲为。

雨蝶瞪他一眼，道了声"你就是喜欢逗我欺负我"后，就气呼呼地走了。

林森望着她的背影，不禁乐而开笑。

下午，林森把那篇小说交给了小布。放学后，小布把两篇小说一起送去了邮局，寄给了那家《少年文艺》杂志社，却如泥牛入海，不见回音，林森遂把这件事忘到了脑后。

不觉又到星期天，林森母亲的祭日就在那天。一大早，林国邦便起床了，屋里屋外，出出进进，忙着收拾香烛纸钱和果蔬祭品。一切都准备妥当后，太阳才刚爬上东方地平线露出笑脸。他又去厨房做好早饭，叫醒林森吃罢，就带着林森出了门，径往东山林森母亲的墓地赶去。

红日初升，小巷清幽。父子两人出了镇子，沿着平缓的山路，走了大约一个小时，才到了林森母亲的墓前。林森远远地望见，前方杂草枯黄的野地上，一块一米多高的巨石伏在那。巨石表面平滑如镜，像一张巨大的床。巨石旁边伏着矮矮的土丘，上面荒草丛生，蚁巢遍布。他心里不禁涌起一股酸涩，泪水缓缓溢出了眼角。

林国邦也有些伤感，与林森一同加快了脚步，小跑着掩面扑倒在坟丘上，开始动手拔除那些杂草。他的双臂被荆棘划出了道道血痕，林森想上前帮他，他怕草刺划伤林森，将他轻轻推开，林森无奈，只得在一旁看着他拔。

林国邦拔完后，起身拿出带来的祭品，在墓前摆放整齐，又取出火烛，点燃了一炷香，递给儿子说："小森，来给你妈上炷香，说会儿话吧！"

林森接过香，跪倒在墓前，先磕了一个头，把香插好，直起身想说话，却不知道该说什么。喉头感觉像被堵住一般，噎得他说不出话来。沉默了片刻，他热泪倾流，只是哭着。

林国邦上前抱住他，抽咽着替他说道："梅子，你在天上看着，我带儿子来看你了。你看呢，小森长大了，他学习很好，每回都是第一第二名。你别记挂他，我会好好照顾他的，你放心吧……"

林国邦说着拿便出纸钱来烧，林森也边哭边烧。火焰如舌，舔触着父子两人那泪水横流的脸。哭了一会儿后，他们逐渐止住哭声。林国邦说有些话想跟林森母亲说，让他回避一会。于是林森就站起身，擦干泪痕，向荒地后方不远处的一条山沟走去。

那是一条不大的沟谷，谷底流淌着涓涓泉水。谷壁上草木茂盛，夏季时，连谷底的那脉清泉都会被绿叶遮盖住。而现在时临深秋，百木凋零，俯身望去，只见泉水奔流，寒雾浮动，冷气逼人。林森想洗把脸，就沿着一条回环曲折的小路下到谷底。冰凉的泉水洗去了沉积在他心头的那份沉重，他直起身，长长地吐了口气。这时他忽然听见身后的林木深处飘来了一曲豫剧的唱腔，声音由远而近，苍老悲凉，袅袅不绝。

林森正好奇，身后沟谷深处的林木里便走出了一个老人，背上背着一小捆树枝，显然是来捡柴火的。林森看着他，他也看着林森。林森对他有一种似曾相识的感觉，总觉得好像在哪里见过，脑中却丝毫回忆不起来，就愣愣地盯着他，一言不发。老人没有停下和林森搭话，依旧唱着戏，爬上林森下来的那条小路，上到谷顶，消失在山林里。林森目送他离开后，听见父亲在谷崖上喊自己，便应着爬了上去。

林国邦对林森说祭拜完了，父子两人便一起收拾了香烛果物，就起身往家走。一路上林森沉默寡言，留心着山间景色，忽望见东边山腰上一院楼阁，心知那就是雨蝶说的云月庙，就想着改天去那看看，顺便帮雨蝶找寻一下那枚玉蝶。父子两人到家后已近中午，林国邦忙去做饭，和林森一同吃罢，他便上班去了。林森在家闲着没事，就想到镇上一家新开的书店里走走，于是他锁好家门，迈着闲步往市集踱去。

第十四章

午后慵懒的阳光，为大地添了几分暖意。林森走进书店，里面昏暗冷清，没有一个顾客。肥头大耳的胖店主正趴在门口的柜台上，百无聊赖地用手指不停地轻敲着面前的账本。他原本双眼微闭，昏昏欲睡，但林森走进去后，他猛的惊醒，挺起肚子，冲林森甩过来一个笑脸，笑盈盈地问林森要买什么书。

林森答说只是随便看看，胖店主又立时像泄了气的气球，软软地重又趴回柜台上，手指朝书柜那儿一点，接着敲起账本来。林森冷笑着走到书架前，扫一遍前面几列满是情感类、生活类的书，直接往后面走。边走边看，终于在后面一个不起眼的角落找到了文学区。文学区只立有一个书柜，寥寥数十种书，且多是童话、寓言，以及小学生作文选。

林森正觉得失望，眼光一扫，忽然发现一本村上春树的《挪威的森林》，顿时如挖到了珠宝一般，急忙拿到手里翻看起来。书中渡边、直子和绿子的爱情令他心醉神迷。他倚在书架上看完几章后，目光便不自觉的开始在书中有关性描写的段落间留连起来，直看得周身燥热难耐，心跳加速，身下那柄尘根渐渐勃起，额头上细汗渗出，口中呼喘不止，焦躁万分。他忙把那本书合上，又抽出一本《论语》，随手翻到一页，开始默念，读过几页后，心绪才稍觉平静了些。之后他不敢再做停留，放下《论语》，急急地绕过柜台，出了书店。

刚到门外，明亮的日光便朝他扑来，直刺得他眼前一阵发黑。又站着歇息片刻，他欲起身离去，脚步跨出，却不知道去哪，只得又到集市上漫无目的地闲逛。他走过几条街，在一个十字路口迎面遇到了一个故友，是他的小学同学，名叫赵兴华。林森和他闲聊了几句，他热情的邀请林森去自己家里玩。林森因为自己正无事可干，就欣然随他去了。

来到赵兴华家，他家人都不在，于是赵兴华便说请林森看电影。林森问他电影名，他笑而不答，却走去把房门关上。这让林森觉得疑惑，不知道他的葫芦里到底卖的什么药。正迷疑之际，赵兴华已将影碟机打开，电视荧屏上的画面闪了几下之后，忽扬出一串女人的娇喘声。林森身体一颤，目光急向屏幕上切去。盯着愣了许久，才反应过来自己在看什么，脑中空白一片，身体不由自主地从沙发上站起，一下子冲到房门外。随手将门甩上时，他却又不由自主地回过头，最后看了一眼那个屏幕上的画面，然后便在赵兴华的声声挽留中出了他家，重又上了街。

秋日下午，时间才过五点，暮色便已将太阳的脸抹成了红色。苍烟落照，晚风微凉。林森看看天色已晚，就低着头往家走。正走着，他的肩头忽被人轻拍了一下。林森抬头去看，竟是那晚在河滩边的小酒店里见到的那个叫雪雁的女孩。只见她依旧是那晚那身装束，不过在头上又戴了一个淡红色的发卡。

林森心里又惊又喜，先开口问她，是来街上买什么东西吗。

雪雁笑盈盈地答说："没有，我干活的店就在前边。"

然后用左手指了指林森身后的一家服装店。林森回头看看，又问："那你怎么不在店里工作？是下班了？"

雪雁说："不是，是我们老板的小儿子在那儿哭闹个不停，老板让我出来买这东西哄他的。"

她说着，把藏在身后的右手伸到了林森面前，羞涩地笑了笑。林森一看，她手里拿着一袋薯片，自己先前没看到，此刻就有点尴尬，忙又问她什么时候下班。

"快了，快了。哎，老板叫我呢，我先走了啊！"雪雁说罢便摆摆手快步跑走了。

林森转过头想目送她回去，却见她又停下脚步，回首笑问："唉，对了，你叫什么名字啊？上次你走的急，我还来得及问！"

林森回答了自己的名字，雪雁点了点头，冲他莞尔一笑，转身跑进了店里。

林森一直看着她的身影消失在店铺的一排排衣服后面，方才痴痴地离去。

光阴荏苒，转眼又过去两个星期，期中考试渐近，林森刻苦攻读，少有空闲。考试结束后，学校给学生们放了一天假，林森约了雨蝶和班里几个同学，骑车去邻村的一个景点，一起痛痛快快地疯玩了一天。起初他还想叫高雨霞一起去，可雨蝶极力反对，说自己和高雨霞合不来，声称若是高雨霞去了，自己就不去。林森拗不过她，只得放弃了这个想法。

一天过后，第二天到校上课，学校又组织召开全校师生大会。贾校长上台接过话筒，就开始滔滔不绝地讲起了中学生日常礼仪规范，令大家听得极其厌烦。讲到最后，他突然话锋一转，说："为了改善本校的校风、校纪、校容、校貌，提高你们的素质，学校决定再增添一些新规定，其中有几条像男生不准留长发，一律要是平头；女生长发必须扎起来，不准烫发、染发，不准佩戴耳环首饰；学生到校要穿学校统一定制购买的校服等等。"

这规定一出，立即在学生中间引起了相当大的不满，当时就有几个脾气暴躁的男生忍不住高声喊叫反对，闹得沸沸扬扬，但他们最后都被几个校领导给镇吓住了，缩在队列中不敢再发一言。

林森看着这些，不禁又是一番冷笑。散会后，回教室时，他在楼道上遇见了雨蝶，雨蝶一开口便骂道："这什么破规定嘛，真变态！"

林森开玩笑说："对啊！又让你扎头发，又不准你戴耳环的，多影响你形象啊！哈哈。"

雨蝶假嗔了林森一眼，回敬道："你自己头发那么长，要被剪成和尚了，还笑我。唉，真可惜，你家高雨霞要不喜欢你了……"

林森听完后立刻止住笑，在雨蝶头上重重地弹了一下，让她别乱说话。雨蝶怕疼，揉着头部说以后不说了。

林森这才放过她，又对她说："头发长怎么了，我就不去剪，校服我也不买，而且我还要再写封意见书。"

雨蝶听后，忙劝他说："你别再写了，上次校长大概念你是初次，才没计较的，这事可不会再有第二次了。说不定惹恼他，让你吃不了兜着走。别写了，听见了没啊？"

这些话林森笑着不予理睬。雨蝶叹口气说："真拿你没办法！"

林森见四周无人，在她脸上轻轻地拧了一把，然后快速跑进教室。

当天晚上，林森就把意见书写好了，落上姓名，折叠整齐，第二天上午早早到学校偷偷投进意见箱里后，就满面春风地上课去了。

下午正上第三节课，班主任又来告诉林森说，校长要找他谈话，上着课就把他叫出去了。他领林森到校长室门前，自己抽身离开。林森站在那，简单的想了几句回驳校长的话，就冲里面高声喊了句"报告"，传出贾校长的一声"请进"后，林森便大步跨了进去。

只见贾校长端坐在一张单人沙发上，手里攥着林森的那封意见书，神情严肃，面色铁青。他见林森进来后，指着茶几对面的长沙发说了声"请坐"，林森便不客气地坐了下来。

贾校长拿着林森的意见书开口问他："你知道错了吗？"

林森先愣了片刻，故意摇了摇头表示自己不知道。

"是不知道自己错了，还是不知道错在哪？"贾校长问。

"都不知道！"林森回答。

贾校长听后，怒目瞪了他一会儿，又对他说："那你跟我说说素质是什么东西，什么是素质？"

林森默想片刻，回答说："素质，是一种品德，它往往代表着一个人的道德水平。制定一些荒诞的规定，自己却不遵守，强迫学生高价购买一件成本低廉的校服。欺上媚下，这些人可以说是已经丧失了道德，往大了说是丧失了人性。没有人性何谈为人？动物身上是没有素质可言的……"

"闭嘴！"

林森正说到激昂慷慨处就被贾校长厉声打断了。林森转眼看他时，他竟早已怒火冲天，面颊通红，双手攥紧握成拳头不停地抖动着。

林森不再说话，坐在那静等着那番排山倒海般的痛斥。谁知贾校长最终没有爆发出来，而是强忍着平息了怒火，冲林森一挥手说："你走吧！"

林森听后缓缓站起身，刚出得门，便忍不住迸发出了一串胜利的笑声，又怕门里校长听见，不放过他，撒腿跑开了。他回到教室又听了十几分钟课，放学铃声便响了。他急忙出去找到雨蝶，把经过告诉了她。

雨蝶紧张万分，让他以后别再这样了。林森敷衍着应了几句，心里却得意非凡。

其后的几天，新校规在学校里风风火火的开始施行，学生们迫于压力，只得整装理容，满腹怨言地穿上了校服。遍观全校，只有林森一个敢公然唱反调，不剪平头，又不买校服。老师校长对他也不予理睬，视若不见，这不免引起一些学生的非议，纷纷拿他说事。老师们却不理这些意见，仍旧对那些学生严加管理。学生们见此状况，知道多说无益，也不再说了，老老实实的听命行事。对此，林森只是轻蔑地笑了笑，然后依旧我行我素，依旧目无尊法。

拖了将近一星期，学校才把期中考试的成绩公布了出来，林森之前的努力没有白费，又是全校第一名。照此看来，来年六月的中考，他定会轻松拿下。这关系到学校的荣誉，贾校长和老师们不得不委曲求全，对他态度好转了过来。一天下午放学，林森正在收拾书本，班主任走过来递给了他一支钢笔，说是贾校长私人奖励他的。林森默默接过，班主任又对他说了些劝学的陈词滥调，才转身离去。她走后，林森把钢笔往位斗里一丢，转身回家去了。

快到家门口时，林森看见从自己家里出来了一个二十多岁的男子。这个男子以前来过他家几次，林森问林国邦他是谁，林国邦含糊地说他是自己厂里的工友，林森听后也没有追问什么，因为他从小就对在自己家里出入的陌生人见多不怪了。家里，林国邦已把晚饭做好，同林森一起吃罢，他便自称疲累先去睡觉去了。林森回屋做完作业，也上床睡下了。

第十五章

　　时近夜半，林国邦醒了。他在黑暗中穿好衣服，偷偷出了门，径往老家伙家去了。下午那个林森没在意的青年男子，就是水生，是老家伙让他来通知林国邦，当晚有活要干，所以林国邦才早早睡下的。他赶到老家伙家后，见其他三人都还没到，就坐下来跟老家伙闲扯。

　　他先开口问老家伙，这次他们要去挖哪个墓。老家伙手里握着一盏提神的浓茶边呡边回答："韩庄的。这次是个荒坟，无主的。"

　　林国邦又说："上次咱们捞了个大的，风声还紧着呢！我以为要歇个一年半载的，谁知才过一个多月就又要开工了。"

　　"嘿嘿……"老家伙笑了，"这叫趁热打铁，赶在财神爷还没离开我家之前，再得他老点好处，这样你们也能跟着沾点光。"

　　林国邦说："不过我怕……"

　　"怕啥？"老家伙吊门高了几分，"你小子可别像那三个一样，当块糊不上墙的烂泥。天掉下来我兜着，你怕个啥！"

　　见他有些动怒，林国邦忙改口说："对对对，万事有侯叔担着，是没啥好怕的。是我说错话了，你老可千万别动怒！会惊了财神爷的。"

　　说罢自己先笑了起来。老家伙也跟着笑了，一口气喝掉茶水，慢慢地说道："还记得老叔上次说的话吗？你们四个里面，我最相中你，将来说不定把衣钵都传给你。你以前做错啥事，都过去了。以后好好干，不用心急，我有的早晚你也会有的，你可千万别让我看错人。"

　　林国邦点头应着，总觉得这话哪里不对，却又说不出来。正寻思，大伟和长山他们就到了。四个人出去收拾工具，刚把车开出院门，水生跑来了，直说自己睡过了头。老家伙也没有多责怪他，让四个人赶紧上车，自己反身锁好家门，爬上车直奔韩庄而去。

　　车声如锥，凿破了夜的宁寂。一路上林国邦寡言少语，老家伙以为他是累了，就只和水生说话。

　　"侯叔，听说咱们上次弄的那个，都闹到派出所了？"水生问老家伙道。

老家伙听后不以为意地笑了笑，说："就是闹到县政府那也没用，谁能查到是咱们干的？有本事他们就让棺材里躺的那个活过来指认我们！"

水生借机恭维老家伙说："他们几个哪能斗得过侯叔你啊！他们是周瑜，侯叔你就是诸葛孔明，气都能气死他们！"

老家伙听后果然乐呵呵地笑了起来，说水生最近越来越会说话了。

笑过之后，水生又说："侯叔，凤鸣镇外有个老坟，你知道吗？"

老家伙说："废话，老子指着啥吃饭的，会不知道这个！"

水生说："那你不打算去那儿捞一次？"

老家伙斩钉截铁地回答说："不打算！"

水生忙问他为什么，老家伙说："那个坟是碰不得的，就在镇外的地里，四周一马平川，无遮无拦，不远处又有一条大路通过，太容易被人发现了。"

水生听后钦佩地点点头，又借机拍马屁道："侯叔真是赛神仙呢！神机妙算的。"

老家伙听后乐不可支，好久才止住笑，拍着水生肩膀说："你以为我不惦记那个墓？我小时候，那个墓就在那儿了，我总觉得那个墓里肯定有好东西，但我实在没办法啊！太危险了。妈的！真他妈气死个人，这就像你饿了一天，到嘴一块肥肉，却又吃不着，馋呢！"

水生说："没事，动不了，咱就不动它，动别的也一样，就像上次那个。"

老家伙说："傻小子，上次那个可遇不可求啊！老叔这辈子能遇上个那么一个我也就心满意足了。"

水生说："侯叔，咱这次弄的这个如何？"

这个问题，老家伙沉吟了半晌才回答道："实话跟你们说吧！这次这个弄得好，是个大的，弄得不好，就啥也没有，不过叔也认了。"

水生一听，来了精神，忙问老家伙这话是什么意思。老家伙却故意卖起了关子，抬头望了望满天星斗，幽幽地说："不知道你们听说过韩庄的那个故事没？说的是清朝末年，天下大乱，很多人吃不饱饭，就落草当了土匪飞贼。韩庄那里也出了个这种货色，这人是个孤儿，吃百家饭长大的，练了一身高超的武艺，长大后成了一个飞檐走壁、打家劫舍的飞贼。他专偷地主大户，偷的东西大多散给了韩庄的穷人。后来他偷了一个大官的祖宅，引起大官记恨，责令本地官府拿到了他，把他斩首了，头还让狗吃了。他死后，他偷的那些东西也不知去向了，韩庄那些受过他救济的人感念他的恩德，就把他的尸体给埋了。多年过去，人们忘了这件事，也不知道他的坟在哪，只流传着他的那些故事。"

老家伙说完后，奇怪地叹了口气，水生道："这个故事，我没听说过，侯叔你从哪知道的？"

老家伙说："我小时候去韩庄串亲戚时，听路边的讲古老头说的，这么多年，我一直在找他的墓，都没找到。直到最近，我才终于有了点眉目……"

老家伙说到这时又停住了，水生思索片刻，终于恍然大悟道："侯叔，咱们今晚挖的这个不会就是……"

老家伙打断他道："我也不确定，去那挖开看看吧！"

说罢摆摆手，像是在示意水生不要再说了。水生终于机灵了一回，明白老家伙的意思，也不再说话了，靠在化肥袋子上闭目养神起来。

过了不久，车就到了韩庄地界。老家伙给大伟和长山指路，让他们把车开到了那个无主荒坟前。月明星稀，山间浮动着一层薄雾。林国邦他们从车上卸下工具，老家伙仍是像以往那样又烧香又撒纸钱，然后便令他们四人开始动手挖墓。这个墓比上次那个好挖很多，几锄头下去，一片沙石飞扬，墓丘就被移平了。再是几锄头，就挖出了一个土坑。老家伙点的那炷香还未燃尽，土坑深度已达三米，却仍没有挖到墓室或者棺材。

大伟忍不住抱怨起来："这他妈不会是个空墓吧？"

老家伙本来站在墓坑顶上居高临下地看着，听了大伟的话，气的骂道："屁话！哪会有空墓，死人不埋墓里，难道放你家！快给老子挖，少他妈废话！"

一句话吓得大伟不敢再多开口，卖命干起活来。林国邦三人见老家伙动怒了，也更加认真起来。几人挥汗如雨，不一会就挖到了棺材。

这时，老家伙让他们先停一下，自个去车上扛回来一架不锈钢折叠梯，架在墓坑边缘。他沿梯下到坑底，用手推掉棺材上的泥土，先看看棺木的材质，然后就让他们把棺盖打开。大伟因为刚刚挨了老家伙骂，急于表现自己，忙抢着上去拿来钢筋，插到棺材盖子下面就要撬棺。由于棺材埋到地下年深日久，早已腐烂了，所以被他使劲一撬竟然完全散架了，四分五裂。恶臭散出，直压得人喘不过气来。几个人想要爬上去躲避，却被老家伙喝住了。

原来老家伙早有准备，从布袋里摸出一把纸团，让他们一人拿两个塞住鼻子，用嘴呼吸。随后老家伙又拿出手电筒，打开往四分五裂的棺材板上一照，扑入眼帘的是一具已经完全腐烂的死尸。死尸触目惊心，连老家伙这种见惯大世面的也忍不住侧过头，稍稍稳定了片刻，才转过头继续查看。而其他几个，更是吓得看都不敢看，只敢不时地向那里瞥一眼。

老家伙用手电筒照着死尸，光柱从死尸脚部慢慢地往上移，移到脖颈处时，众人才惊觉这尸体竟是没有头的，脖子上部摆放着的只是一个人头大小的黑黝黝的陶罐。

"这头咋成了一个黑罐子？"

大伟由于之前在开车，没听到老家伙讲的故事，此刻看见这个情景有些惊恐，忙张嘴问道。

老家伙没有回复他，只顾盯着那个陶罐。

林国邦代他答道："侯叔说了，这个死人生前被斩首了，头也被狗吃了，所以别人找来个陶罐来给他当头。"

老家伙听后，笑着点了点头道："国邦说的不错，他奶奶的，老天终于显灵了！"

说着还忍不住跪下，给老天磕了三个响头，引得其他四个人相互对视，不知所措。

老家伙站起来后，仍是激动万分，喜形于色。他多年来找的东西终于找到了，哪能不激动？哪能不高兴？他花了好久才平复了这份激动，目光炯炯地盯着那个陶罐，将手电筒塞给身旁的长山握着，自己取下身上的布袋，倒出里面的香烛火柴，上前把空袋轻轻地套在那个陶罐上，然后将其小心翼翼地捧起，倒转过来挂在脖子上，又退到折叠梯前，顺着梯子爬出了土坑。

林国邦他们四个人也忙拿起工具爬了上去，一起围在老家伙周围，问老家伙那陶罐里都有什么。老家伙却不理他们，而是伸出双手慢慢地从布袋里捧出了陶罐。他本想转个身，却不料被脚下的一块石头绊了一下，身体一斜，陡然一声脆响，陶罐便碎到了地上。老家伙忙又夺回手电筒来照，只见铜钱金银首饰玉翠撒了一地。

"快捡！快捡！"

老家伙疯狗般叫道，自己一下子跪到了地上捡拾起来。林国邦他们也忙蹲下身子去捡，但是他们没有手电筒，只能借着月光边看边摸。

十多分钟后，一罐珠宝银钱都找了回来。老家伙笑的合不拢嘴，用先前那个布袋包裹好这些东西紧紧地抱在怀里。

大伟笑着对他说："侯叔，这回该请喝好酒了吧？"

老家伙满口应道："一定一定，辛苦各位了。"

说罢又让四人收拾好陶罐的碎片，扔回坑里再把挖的墓坑给填上。

挖坑没用多久，填坑更快。只一会工夫，墓坑就被填上了。几个人拿上工具，开始回撤，老家伙看见旁边还有一小片陶片，刚才没有注意到，就让林国邦过去把它埋到土里。林国邦听命过去，俯身埋好碎片，正要起身，却无意中瞥见脚下的石头缝里夹着一个金光闪闪的东西。他仔细一看，原来是一枚金戒指，像极了他上次私藏的那枚。

林国邦脑子一动，像上次一样贼心顿起，忙又蹲下身。装作要把土压实的样子，却偷偷地将那枚戒指攥进手心里。站起身后，他深吸了一口气，心中正庆幸没被人发现，后背却被人重重地拍了一下。

他胆战心惊地回过头，见老家伙正面目狰狞地瞪着自己，立时吓出了一身冷汗。

老家伙厉声喝道："拿出来！"

同时将手掌摊开，伸到了他面前，旁边大伟三人不知道发生了什么事，都站住了，往这边看着。

林国邦知道没法再躲，颤抖着将手伸出来，把那枚金戒指放到老家伙的手上。老家伙快速缩回手，同时飞起一脚，踢在他的膝盖上。林国邦腿部一软便跪倒在了老家伙身下，然后慌忙抱住老家伙的裤腿，苦苦哀求。

老家伙不为所动，一脚踹开他，飞步上前，骑到他身上，用手指着他的脸说："你小子是机灵，可机灵的有点过头了，那就笨的不如一头猪了！"

林国邦求饶说："侯叔，你就饶了我这一次吧！我以后不敢了。"

老家伙听后哼哼冷笑了两声道："一次？你仔细看看这是啥？"

说着，把那枚戒指伸到林国邦眼前。林国邦仔细看了看，这才认出来，这和他上次私藏下来的那枚真的是同一枚，顿时语塞，支支吾吾地说道："这……这是……"

老家伙冷笑道："没错，这就是你上次偷的那枚，你以为老子不知道？老子只是不想说穿。老子也间接的提醒过你了，可你死性不改，所以今晚我想再测试你一下，就把这枚戒指放到那里，还故意在那扔了片陶片，让你去埋，想看看你会不会再犯。没想到，你小子果然狗改不了吃屎。"

林国邦听后哑口无言。老家伙从他身上站起来说："做咱们这种买卖的人，最要紧的就是信义二字，你两次破坏规矩，不守信义，老子今天就让你知道一下这是啥下场！"

说罢便喝令大伟、长山、水生动手。而他们三人早就看呆了，愣在那里，不知所措，突然听见老家伙说让动手，却不知道该怎么动手。

"怎么？都不想跟老子混啦？我告诉你们，今天你们要不把他腿打断，老子就把你们腿打断！"老家伙高声喝道。

大伟他们三人相互交换了个眼色，就一起冲上去，对林国邦拳打脚踢。他们平日就看不惯林国邦的自作聪明，早就想整治他一番，今日得到机会，也不去管那些日后还要相见的情面，一起放开手脚，下手颇为毒辣。

　　林国邦蜷缩在地上，用手抱紧头部，边哀叫边求饶，老家伙都耳不闻，只是在一旁冷冷看着。这时，水生飞起一脚，踢在林国邦后脑上。林国邦眼前一黑，立时失去直觉昏迷了过去。老家伙见此也有些后怕，怕闹出人命，忙让三个人住手，自己上前查看，见林国邦只是昏过去，还有呼吸，这才放下一口气。他先转身把水生狠狠骂了一顿，然后命令他们三个把林国邦抬到车上，说要回到镇上找个地方，再把他扔下去。

第十六章

　　林国邦此时昏迷着，被抬到车上。车子开动，一路颠簸，他才稍稍恢复了一点知觉。偷偷睁开血迹模糊的眼去看，只模模糊糊地看到老家伙和水生坐在自己对面，正在低声交谈。他只好忍着伤痛，不敢出一点声，依旧装作昏迷的样子。

　　车又走了一程，他隐约听见老家伙说："算啦！不给他扔镇上了，就扔这里。他估计一会儿就醒了，自己也能走回去。这小子，就得让他吃点苦头，否则不长记性！"

　　然后他就看见老家伙和水生过来把他抬了起来，从行进着的车上给扔了下去。

　　幸亏路边都是杂草，他摔得不怎么疼。看着车走远了，他才敢出声呻吟，又活动了一下四肢，还好都没骨折，只是他额头被踢破了，伤口已经结住，血在脸上凝成一层膜，紧紧地贴在皮肤上，让人很不舒服。林国邦忍着疼痛，强撑着从地上爬起来。借着秋季后半夜淡淡的月光，他望见四周是一片黑沉沉的山林，自己正位于横贯其间的一条小路旁。

　　"我得赶紧回去，待到天亮被人看见就不好说了……"

　　林国邦想到这里，忙从草丛中捡起一根枯树枝拄着，沿脚下的小路往前走。疼痛、寒冷轮番折磨着他，他又饿又累，体力差不多已被耗尽了，但他不能停下歇息。他知道，这里离韩庄不算太远，天一亮，如果韩庄早起的人发现旧坟被盗，一定会很快追到这里，那时候，他怕是有口难辩。如果被送到公安局，坐牢倒没什么可怕的，可儿子还小，还需要人照顾。他曾答应过一个人，要好好照顾儿子的……不能停下，一坐下就再也站不起来了。此时他的心中想的只有四个字：不能停下！

　　他慢慢走着，走着，强忍疼痛，一步又一步，走到了一条河边。他认出来，这条河就是老家伙家后面山脚下那条河，不过，他的位置是在这条河的上游。虽然过了这条河，就是他们镇的地界了，但他还要走好久才能走到镇上。

$$《飞花之梦》$$

　　淡月如痕，月光撒在河面，流光闪烁。林国邦俯下身去，用河水清洗着自己脸上的血污尘垢。水如冰般刺骨，却使他清醒了许多。他重又拾起树枝，趟过小河，沿着一米多宽的小路走过平野。当他艰难的回到小镇时，不禁欣喜地笑起来。那时夜色还没有褪去，小镇还在睡梦中，没有人看见他怎样艰辛地穿过街巷，也没有人看见他怎样一瘸一拐地进了自己家门。

　　晨风交杂着曙光，洗掉了东方浓黑的夜色。林森正缩在床上酣然睡着，却被一阵拍门声惊走了他的美梦。他睁开睡眼，不耐烦地问："谁啊？门没锁！"

　　"小森，是我……"这是父亲的声音。

　　"这么早学校都没开门呢！"

　　林森边抱怨着边下床穿衣，走去打开门，却见外面林国邦直挺挺地瘫在地上，手里握着一根树枝，衣服又脏又湿，上面还有一些血迹。再看他的头上，脸部青肿，头发杂乱，还有一些伤口，样子像是遭了一顿毒打。

　　林森当时又急又气，来不及细问，忙把父亲扶到里屋床上，扒去他的衣服，又去接了盆热水，拿毛巾给他周身擦洗了一遍。其间，他问林国邦这到底是怎么回事，林国邦咬牙忍痛，别过头没有答话。

　　这可惹恼了林森，他冷冷地说："好，你的事，我以后不会再问了！"

　　说罢，把毛巾往林国邦手里一塞，然后留了句"我去找医生"，就转身出了房门。

　　林森来到镇卫生所，天色尚早，那里还没有开门。林森就站在门外不停地喊叫敲门，许久，里面才有一个声音应着来给他开门。那是一个三十多岁的女人，打开门，站在门口打着哈欠问他有什么事。林森答说找大夫给家人看病，病人不能走动，需要大夫跟自己到家里去。女人又问得了什么病。

　　林森不好回答被人打了，就说是被摩托车撞了，身上有些擦伤。女人听后，转身进了里面，半晌后才出来对他说："你先回去吧！你家地址留这儿，大夫随后就到。"

说着递给林森一页登记卡。林森写下地址，又嘱咐了一句让大夫快点，才转身往回赶。

回到家中，见林国邦已经在床上睡着了，林森不想吵醒他，就悄悄退出来，独自钻进厨房做早饭。他想熬点稀粥给父亲喝，刚把淘好的米倒入锅中，就听见家门口有人敲门，过去打开一看，见一个三十多岁的男大夫背了个药箱站在门外。林森忙把他请到屋里，叫醒父亲看病。

大夫进去先看了眼床上的林国邦，知道他不是被车撞了，而是被人打了，但又不便说破，就把药箱在床头的桌子上放好，掀开被子，查看了一下林国邦的伤势，开口道："还好没伤到筋骨，也没啥大碍，输几天液，吃点药，休养个把月应该就没事了。不过，要当心着别让伤口感染，我给你开一瓶碘酒，一天在伤口上擦几次。好了，现在我要用双氧水给伤口消消毒，清洗一下。来，你来扶他坐起来。"

说着给林森示意。林森上前扶起父亲，大夫从药箱里拿出棉签和双氧水，就开始给林国邦清洗伤口。

林国邦强忍疼痛，不停地皱眉，林森看着，自己倒有些心疼起来。清洗完后，大夫拿出来一瓶碘酒，几片药棉交给林森，然后又拿出一瓶葡萄糖，找根细绳系住，倒挂在床头，给林国邦扎针。针扎好后，大夫就收拾药箱要走。林森把他送到门外，看他走远后，才转身回了家里。先去厨房盛了碗粥，端到林国邦跟前给他吃了，又拿碘酒在他伤口上擦了一遍。看看上学快要迟到，他不及吃饭便出了门，匆匆往学校赶去。

接下来的几天，林森为照顾父亲而忙的不可开交，每天上学最后一个到，放学却是第一个走的。班主任因为他学习好，迟到也没有多责怪他。林森却逐渐被宠习惯了，更加肆无忌惮。林国邦在家休养了几日，伤势好转了许多，林森也稍感轻松了些。

又是一天下午，放学后，林森正准备回家做饭，出校门时遇见了雨蝶，打过招呼后雨蝶先问道："这几天都没见到你，你忙什么呢？"

林森跟她相伴走着，答说："我爸病了，躺在床上，我忙着照顾，没时间去找你。"

雨蝶听后又急着问："病了？什么病啊？严重吗？"

林森回道："没什么大碍，只是身上……摔了点小伤，休养了这些天也快要好了。没事，你别担心。"

雨蝶听后点了点头，然后他们又交谈了几句无关紧要的话，走到一个路口不再同路，彼此就分开了。

林森独自往家走，路上忽然想起运文，暗想自己一个多月没去找他了，心里却隐隐有种不安，于是就绕道去看他。他到了运文工作的那个铝合金店铺，在门前张望许久，也没有见到运文的身影。这时正好那个店老板从里面出来，林森忙上前喊了声"叔"，向他打听。

兴许是林森的那声"叔"叫得人很开心，店老板比上次的态度好多了。他瞟了林森一眼，笑着说："找运文啊？他不干了，说是家里出了点事，前天就辞工了。"

林森又问他运文家里出了什么事，他摇着头说不知道，然后便撇下林森，兀自走了。林森无奈，只好转身离开，心绪却更加不宁，当即决定晚上去运文家里看看。林森这样想着，回到家中，急急做好晚饭，叫起林国邦一同吃过，便假称自己去街上买文具出了门。

他一路疾行，赶到运文家的小巷，望见运文家大门洞开，院里灯火通明，聚集了男女老少一大群人，围成一圈，指指点点，议论纷纷。

林森不知道他们在议论什么，就挤进人墙里去看，看过之后直惊得目瞪口呆。原来这些人围观的竟是运文的哥哥运阳，只见运阳蹲在人群中央的空地上，比一个月前更显得憔悴了。他头发灰白，脸色黑黄，被一对黑眼圈罩着的眼睛木讷地盯着地下，别人问他话，他也不回答，口中只是不停地嘟囔着，像是巫师在念符咒。侧耳细听，方才听清，原来是在背什么"古人之观于天地、山川、草木、虫鱼、鸟兽，往往有得"一类的诗文。

林森看着他，正觉得困惑，旁边人群却散开了，运文一脸阴郁地走了过来。他看见林森，先是一愣，然后把林森拉出人群，带到屋里。屋里安静许多，林森忙问运文这是怎么回事。运文叹了口气，哽咽起来，慢慢说道："我哥他……学习压力过大……神经可能……唉……"

　　林森一听，顿时呆住了，说不出一句话。运文慢慢止住哽咽，接着说道："已经让人给我妈打了电话，她明天上午就回来了。小森，我现在也没空陪你，你先回去吧！后天晚上，去上次我带你去的那个酒店等我，我们再聊吧！"

　　说罢，他便要送林森出门。林森不好再多说什么，只得低着头随运文走出去，避开人群，出门回家去了。

　　秋夜如水，阴云笼罩的夜空不见一丝星辰，连月亮也被吞噬了。寒风过后，竟渐渐沥沥的下起雨来。一道长街，行人渐稀，一团团昏黄的路灯光瑟缩在路旁，像是在颤抖。林森漫步街头，任凭冷雨打在身上，也觉察不到一丝寒意。眼润湿了，不知是热泪还是冷雨？他慢慢走着，这时，两排路灯突然熄灭，旁边的路人都惊慌不已，相互询问是不是停电了，他却毫无反应，依旧慢慢走着。

　　夜色像潮水般涌来，把一切都吞噬了。黑沉沉的天地间寻不到一丝光明，满眼都是黑暗。冷雨萧萧，寒风悲咽，一切都望不见，一切都在迷茫中沉沦，一切都在生存和毁灭间徘徊。林森什么也不想，只是慢慢走着。

　　回到家中，林国邦点了蜡烛在客厅等他，见他全身都给雨淋湿了，一边责骂着他，一边忙又给他脱下湿衣服，擦干头发，催促他到床上睡觉。林森一语不发，看父亲一瘸一拐出去后，一口气吹灭了他留在自己房里的那支蜡烛，把自己裹入被子里，无声地哭起来。涕泪横流，把床单也浸湿了一大片。他也不知道自己哭了多久，哭着哭着他就睡着了。

　　第二天一早醒来，林森头痛欲裂，发了高烧。林国邦忙一瘸一拐地去请来大夫，大夫给林森打了一针，开了几服药，让他在家休息，因此林森一天未曾出门。次早到学校，他先去和班主任说明了情况，班主任还关切地问他烧退了没。他说没事了，就出了办公室。

　　刚到教室，在位置上坐下，雨蝶就跑来问他昨天怎么回事。林森说自己发烧了，在家睡了一天，又要雨蝶不要担心，说自己已经好了。这时预备铃声响起，雨蝶就回自己教室去了。在学校上完一天课，林森因为晚上和运文有约，下午放学，早早出了校门，径直回到家中。吃罢晚

饭，他假称去同学家给人家过生日，撇下林国邦，出了门，一路往河边
而去。

第十七章

　　星辰初现，秋月新升。林森来到河边的那个夜来香酒店时，运文已经在店门前等他多时了。他想先安慰运文几句，运文却冲他摆摆手，示意他什么也不用说，林森只得闭口。他随运文进去，看见桌前围的还是上次的那些人，雪雁也在。她冲林森笑了笑，林森也向她点了点头。

　　在空位上坐下后，那个红头发的男孩便给林森和运文每人递过来一瓶啤酒，然后开始拉着他们说话谈笑。林森发现自己和他们没什么共同话题，又看见雪雁在对自己笑，就过去和那个叫杆子的男孩换了位置，坐在雪雁旁边和她聊天。别人都在忙着喝酒玩牌，也没注意他们，他们两个乐得自在。

　　"你晚上不用学习吗？"雪雁先开口问林森。

　　"作业在学校已经做完了，闲着也没事。"林森回答。

　　雪雁听后点头道："也是，你脑子那么好，不用下太大的劲儿也能考好。我家隔壁有个女孩今年上初二，听她说，你在你们学校很有名气的，不守校规校长也不敢罚你，因为他明年中考时要靠你撑面子的。"

　　她说着拿眼盯着林森，林森被她看的脸红了，尴尬地笑笑，不知道该怎么回话。

　　这时，那个红头发的男孩忽的站起身，举着酒瓶对一桌人说："各位，今天是兄弟我和运文跟你们聚在一起的最后一个晚上了，明天我们俩就要一起南下广州去闯荡，所以今晚我请客，咱们痛痛快快的再喝一回，把我们之间的感情融在酒里。来，干杯！"

　　他说罢，众人便纷纷迎合，一起举杯，只有林森一个人呆呆地愣在那里。雪雁用肘部碰了碰他，他回过神来忙举起酒瓶呷了一口。

　　随后众人开始轮番向那个红头发的男孩和运文敬酒，林森却呆坐在那里，一声不响。雪雁问他怎么了，他说没事。过了一会儿，运文用眼光示意他随自己到外面去，林森就起身离座，偷偷随运文出了酒店。

　　到了门外，一阵寒风袭来，运文看了看林森身上单薄的衣服，就又回店跟同伴借了件外套，递给他说："先披上吧！咱们去河边走走。"

林森点头同意，套上衣服，随运文下了河岸，沿着柳树下的一条小路慢慢走着。

"你要去广州？"林森先开口道。

"嗯，是的，"运文点头回答，"我哥那个样子，急需用钱……"

林森打断他说："我明白，你明天几点走？"

运文说："下午四点，你来送我吧！厂里有大巴车来接，就在车站那儿。"

林森说："好，我一定会去的。"

运文听后紧紧抱住了他，不再说话。

这时林森听见酒店那里传来一阵运文同伴呼叫他的声音，就对运文说："你的朋友在等你，你回去吧！我在这待一会儿。"

运文应了一声，放开了他，转身回去了。

林森望着运文渐渐远去的身影，眼泪慢慢地流了出来。这时，雪雁清脆悦耳的声音从身后飘来："在看什么？"

林森忙抹去泪水，回过头，见雪雁正笑着朝自己走来，就迎上去："没什么，出来透透气。"

雪雁盯着他看了一会，问他是不是哭了。林森没回答，只笑了笑。

雪雁说："好朋友明天就要走，是挺难受，但你是男的，不该哭。走，我带你去一个地方，保证让你心情好一点！"

说罢，拉着林森就要走。林森忙问她去哪，雪雁说："到那，你就知道了，你跟着我来。"

林森听后不再多问，跟在雪雁后面就出发了。

两人沿河岸走了一程，来到一大片芦苇荡中。林森环顾四下，满眼尽是渐渐枯黄的苇叶，就转身问雪雁带自己来这儿干嘛。雪雁不回答，在他前面继续拉着他走，东穿西绕，最后竟走到了深入河中心的一个半岛上。

如果不是跟河岸有一点连着，这完全可以说是一个被芦苇围着的小岛了。

登上半岛，林森驻足四望，小岛正中是一眼小小的池塘。

月光下，水面流光闪烁，还浮动着一层寒雾，胜似瑶池。风起处，微波荡起，苇叶颤动，仿佛是最甜美的笑容。

"怎样，好看吧？"雪雁问。

"嗯嗯……"林森惊喜地连连点头。

雪雁说："这个地方，最早是我跟他们去酒店玩，自己无聊出来散步时偶然发现的。因为四周都长着芦苇，所以这里很少有人来，我就把这里占为己有了，自己无聊或者心情不好时就跑来这里散心。你瞧，那里长着一颗樱花树，也不知道是谁种的，我每次来都是坐在树下，看看湖面，唱唱歌，心情就会好很多了。"

说着，她用手指了指林森右面。林森侧身望去，看见右面的池塘边果然有一棵树立在那。月光下看得分明，树的叶子全落光了，只剩下一树枯枝，孤零零的展望着池水。

"你怎么知道是樱花树呢？"林森问雪雁。

雪雁轻笑道："我见过它开花。我问你，你见过樱花吗？"

林森答没有，雪雁说："连樱花都没见过，亏你还读过那么多书。我小时候家里就有一棵，樱花开花时很好看的。"

说罢，她就拉着林森向那棵树走去。两人在树下草地上坐好，雪雁又说："我唱首歌给你听吧！我每次在这坐着都唱这首歌。"

林森问是什么歌。雪雁说："你肯定没听过，这歌不是歌星唱的，好像只有我自己会唱。因为我没见过别人唱，我唱给别人听，别人也叫不出名字。"

林森一听，好奇心顿起，就催促雪雁快唱。雪雁让他别急，自己清了清喉咙，轻声唱起来。歌声婉转动听，如烟般缥缈，如风般隐逸，又如雾般悲凉：

夕阳醉落霞妩媚，
晚风吹寒鸦欲睡。
沉迷河畔，

我痴恋你的美，

一树樱花，

在暮色中飘飞。

樱花飞，谁的泪？

花飞泪落随流水，

流落天涯终不悔，

生死也相随。

樱花飞，谁的泪？

花飞泪落如流水，

一曲欢歌一曲悲，

余生共回味。

"多好听的歌！你从哪学来的？"雪雁唱完后，林森问她。

"我从小就会，也忘了怎么会的。"雪雁回答。

林森就央求她再唱一遍，雪雁却不唱了，说他们该回去了，别人会多想的。林森没办法就跟她一起站起来往回走。

两人走出苇荡，快走到酒店门口时，雪雁突然停下对林森说："我不想进去了，你进去跟他们说我先回家了，我在路边等你。你把衣服还回去，快点出来，咱们一起回去吧！我猜你也不想继续待在那里了吧？你跟那些人不一样，就让他们玩好了，咱们走吧！"

林森想了想同意了，然后他就快步回到了酒店。

一群人还在那里喝酒玩乐。林森把衣服还给杆子，那个红头发男孩问他见雪雁没，林森对他说雪雁已经回家了。红头发男孩听了也不甚在意，继续和左侧的一个男孩划拳去了。

林森又去给运文道别。运文说："那好吧！你先回去也好，我就不送你了，只是明天你别忘了。"

林森答应了一声不会，心头却一阵发酸。他转身欲走，想起什么，又回头嘱咐运文，让他别喝太多酒。运文答应后，他才出了酒店，远远看见雪雁站在快速路边的路灯下等他，就快步跑过去，跟她一起往镇上走。

夜色深沉，林森和雪雁并肩走着，笑语不断。到了一个路口，他们要分开了。雪雁冲林森笑笑，说了声"再见"，就要走，走了几步又停下，回过头，对林森道了声"晚安"。林森也回了声"晚安"后，她便转身消失在了小巷深处。林森一直看着她的身影直到她被夜色淹没，才起步回家。

一夜过后，第二天上学，林森一进教室，便有许多同学看着他笑。他正觉得疑惑，恰好看见雨蝶从他们教室外经过，他想问问雨蝶这到底是怎么回事，于是跑到窗户前叫了她一声。雨蝶却理都不理他，直接目不斜视地走过去了。林森见雨蝶这样，更加不解，就快速跑出去追上，拦住了她，问她到底什么意思。雨蝶瞪了他一眼，气呼呼地说："你问我干嘛，问你女朋友去吧！"

林森一听顿时呆住，被惊得不知所措。雨蝶见他如此，以为他是被自己说中，心虚了，就丢下他，回教室去了。林森反应过来，待要问个明白，雨蝶却已经走了，他只好闷声回到教室，感到莫名其妙。最后还是高雨霞走过来告诉他真相，说昨晚有同学看见他和一个女孩在街上闲逛，有说有笑的，传了出去就成了他交了女朋友。

林森听后，心里不免恼火，问高雨霞是谁最先传的。高雨霞见他动了气，怕他去找那人打架，含糊着不肯回答，反劝他说："你管他谁传的，清者自清。你如果追究，那只能被别人看做是掩饰，会越描越黑，不如算了吧！流言自然会平息的。再说，我就算告诉你是谁传的，你去找人家，能干什么？打一架？人家可以说是别人乱传的，自己只是看见你和一个女孩走在一起，吃亏的还是你，所以还是算了吧。"

林森听了她的话，觉得有理，心中气也消了。他望了一眼高雨霞，问她相不相信自己。高雨霞低着头，静默了片刻才抬起头，目光坚定地望着林森说："我相信你！"

林森被她的目光感动了，不禁对她说了声"谢谢"。高雨霞听见，脸一下子就红了，问林森有没有空，自己有几道题不会做。林森就赶在预备铃响之前悉心给她讲解了那几道题，却把雨蝶听信传言生自己气的事忘到了脑后。

中午前后，天空陡然阴沉下来，黄云遮天，冷风呼啸，到下午上课时已淅淅沥沥的下起了冷雨。林森因为要去送运文，第二节课上完便向班主任请了病假，说自己胃疼，撑着伞匆匆赶到了车站。也许是下雨的缘故，车站里等车的人很少，空荡荡的，候车台的雨棚下，只有运文和那个红头发的男孩在靠着行李包坐着。林森冲他们招了招手，快步走上去，边合伞边问："车还没来吗？"

运文说可能下雨车晚点了。林森笑了笑说："我来送你们，手里却什么也没带，多不好意思。前几天我看街上有卖橘子的，趁车还没来，我去买点你们留着路上吃。"

运文和那个红头发男孩忙说不用了，林森却已经撑开伞，跑进了雨中，踏着遍地积水出了车站。

街市萧索，林森转了几条街也没见到一个卖橘子的，最后终于在一个小水果店里买到一些，付过钱，忙往回赶。到了车站，却不见运文和那个红头发男孩，连他们的行李也不见了。他猜测是自己去买橘子时，长途客车正巧开来，运文他们等不到自己，只好上车走了。冷雨潇潇，寒雾飘飘，林森放下了伞，站在空空落落的车站里，环顾四周，满目凄寒，一片茫然。风声、雨声，沉聚在耳畔，同样是一片茫然。

第十八章

　　转眼已是农历八月中旬，中秋节后的一天下午，放学后，林森早早离开教室，去给父亲买药。临出药店门时，迎面遇见了雨蝶。他本想跟雨蝶打个招呼，忽想起几天前的那些事，只好把涌到嘴边的话又咽了回去。

　　雨蝶见他这样，先白了他一眼，然后开口说："好啊！现在都不愿理我了。"

　　林森听了有些羞愧，红着脸低头支吾："没……没啊……我……"

　　"那你干嘛不跟我说话？"雨蝶打断他说，双眼圆睁瞪着他。

　　林森不敢抬起头看雨蝶，脸被雨蝶那灼热的目光映得更加红了。这时雨蝶像发了善心，语气软和下来："算了，你先走吧！今晚有空没？我有点事想跟你说，八点在镇外河滩边等我。"

　　说罢，她便进了药店。林森呆了片刻，独自回家去了。吃罢晚饭，刷过碗筷，又帮林国邦换好药，扶着他到房里睡下后，林森才偷空出了门，径往河边而去。

　　秋夜静谧，一核凸月悬在夜空，吞吐着清晖。借着幽暗的月光，放眼望去，河面上寒烟堆积，遮住了流水，只能听见些许涛鸣浪语。雨蝶还未到，林森只好沿着河岸上的小路独自散步。他正低头默默走着，耳际忽飘来一串轻微的喘息声，心里觉得疑惑，于是侧耳细听，发现是从前方路旁一丛隐蔽的草木后传出的，他就悄悄蹑足上前寻视。他本以为那是只飞鸟野禽，没想到却是一对青年恋人。

　　透过草叶的缝隙，林森望见这对情侣正在一棵树下亲热。女孩前身紧贴着男孩，双臂缠绕在男孩的腰背上。男孩边不停地在女孩脸上、脖子上亲吻着，边用一只手勾着女孩的头，而另一只手则上上下下抚摸着女孩的背部。林森偷偷望着他们，热血上涌，脸涨得通红，胸口剧烈起伏着，身下一柄尘根勃起，痛苦万分。那对恋人继续着，显然没发现林森。

这时，林森望见男孩抚摸女孩背部的那只手停了下来，像只奄奄一息的雄狮，一动不动地蜷缩在那。忽然，它猛的一颤，又恢复了精力，快速地抖开身躯，钻进了两人的身体间，开始在女孩姣美的乳房上揉动起来。

草木后，林森目不转睛地盯着男孩的那只手，看着它一轻一重地揉压着女孩的双峰，听着女孩低微的呻吟声，他的呼吸频率逐渐加快，那柄尘根愈加粗壮，大脑开始不受控制，但他的理性终究没有完全泯灭。他清楚的知道，这对恋人迟早会对自己越来越重的喘息声有所察觉，所以他不得不赶快转身离开。他先小心翼翼地向后退了几步，然后拔出视线，快速地跳下河岸的小路，跑到河边用水冲洗过自己红热的面颊，便坐到旁边的一块光滑的石头上定神。

尽管他竭力克制自己不去想刚才的事，但他的思想好像完全不受控制。男孩的那只手和女孩那姣美的乳房一同萦绕在他的脑际，怎么都挥赶不去。于是他开始尝试想点别的事来分散自己的注意力，可无论他思考或者回忆什么，那个令人兴奋的画面都会将其替代。它就像一个永远打不败的狂魔，林森一次次的将它击退，但过不了多久，它就又会卷土重来，攻势也更加猛烈。林森对它毫无办法，只得无可奈何的任它蹂躏自己的理性，蚕食掉思想中纯真而美好的部分。

"你在干嘛？"

有人这样说着，轻拍了一下林森的肩膀。林森身体一颤，快速转过头，却见雨蝶正俯着身子，两臂撑在膝盖处，盯着自己，芙蓉般的脸上绽开着笑容。不知怎么回事，林森一看到雨蝶那可爱的笑容，脑海中的那些肮脏的画面便顿时消失无踪了，呼吸也平静了许多。

"是我请你来的，结果我自己却晚到了，让你等急了吧？真是对不起啊！"

雨蝶有些不好意思。林森忙应道："没有，我也是刚来没多久。"

雨蝶听了痴痴地笑笑，指着河岸上的小路："咱们上去走走吧！"

林森答应了声好啊，便从石头上起身，随雨蝶上了河岸。他怕再遇见那对情侣，就故意带雨蝶往相反的方向走。

《飞花之梦》

月光如水，轻轻地泻在小路上，使小路看起来像一条素白的丝带。他们肩并肩慢步走着，林森问雨蝶要跟自己说什么事。

雨蝶笑着回答："其实也没什么，就是上次咱们吵架的事。是我不好，你别生我气啊！"

林森说："我没生气啊！你不用跟我道歉。"

雨蝶听了笑得更开心了："真的吗？嘻嘻，那就好。"

林森没再接这些话，然后他们就开始边散步边聊起别的事来。

这时，一群男生向他们迎面走来，这些人大都和林森他们两个年龄相仿，一路说说笑笑，相互谩骂，有的手里提着啤酒，有的嘴里叼烟。雨蝶看见他们，鄙夷的说："我不想遇见这种人，我们躲开走吧！"

然后便拉着林森快速转身，跳下河岸，一直走到河边。雨蝶问林森知不知道附近有什么比较安静隐蔽的地方，林森想了想，说知道一个。雨蝶让他带自己去，于是林森就引雨蝶进了芦苇荡，去了上次雪雁带他去的那个半岛上。

像林森一样，雨蝶刚到那里也被眼前的景象惊呆了。她像发现了宝藏一般亢奋，开始情不自禁的在半岛正中的池塘边欢呼雀跃，欢笑声划开夜色，惊飞了几只正在休息的水鸟。

林森则站在一旁，嘴角挂着微笑，静静地注视着雨蝶像只小鹿一样跳跃奔跑。直到雨蝶释放了全部精力，精疲力竭地躺倒在草地上，大口大口地呼着气，他才走到雨蝶跟前，蹲下身子笑着问她疯够没。雨蝶边喘气边回答说："太美了，我以前怎么没发现这个地方。"

"这样就满足啦？还有你不知道的呢！"

林森这样说着，伸手拉雨蝶站起，将她带到了那棵樱花树下，故作神秘地问她："知道这是什么树吗？"

雨蝶凑近看了看，直接答道："樱花树！"

林森很是惊讶，问她怎么知道的。

雨蝶得意地说："我小时候见过。这树在咱们这地方不多见的，没想到这里竟有一棵，还这么粗了，看起来有些年头了。"

说罢，她就靠着树干坐了下来，继续喘着气。林森也坐到她旁边，和她一起眺望着前方波光粼粼的池面。

水雾漂浮，给水面笼上一层轻纱，月光洒落，一触到轻盈的池水，便幻化成了一曲动人的乐章。波光闪烁，亲吻着河岸的水草和苇叶，飞舞的夜风仿佛是它们互诉的情语。

"好看吗？要是在春天樱花盛开的傍晚，该如何描绘看到的景象呢？"林森轻声问雨蝶。

雨蝶不回答，脸蛋娇羞，朱唇微启，竟开口唱起歌来，和雪雁那晚唱的歌一样：

夕阳醉落霞妩媚，
晚风吹寒鸦欲睡。
沉迷河畔，
我痴恋你的美，
一树樱花，
在暮色中飘飞。
樱花飞，谁的泪？
花飞泪落随流水，
流落天涯终不悔，
生死也相随。
樱花飞，谁的泪？
花飞泪落如流水，
一曲欢歌一曲悲，
余生共回味。

"怎么你也会唱这首歌？"雨蝶唱完后林森问。

"我也不太记得了。这首歌我从小就会，好像是小时候一个不认识的叔叔教我的，我学会了他就给我苹果吃。"雨蝶回答。

"我以前也听人唱过，很好听。"林森说。

为了避免雨蝶又生气，他刻意没提雪雁的名字。

"那有我唱的好听吗？"雨蝶转过头盯着林森问。

林森不知该怎么回答，只好低下头默不作声。

"我问你话呢，你说话啊！"雨蝶不依不饶道，推了林森一下。

林森只好抬起头说："还是你唱的好听，你声音好听。"

雨蝶笑了笑，才放过他。两人彼此沉默了一会，雨蝶又开口柔柔地喊了一声林森的名字。林森问她怎么了。雨蝶扭捏道："我们是不是最好的朋友？"

说罢盯着林森，目光中满是期盼。林森回答说"是"。

雨蝶又问："那你要跟我说实话，那天他们说的，晚上和你一起走在街上的那个女孩是谁？是不是你女朋友？"

林森不想多做解释，怕引起雨蝶的误会，就骗雨蝶说那个女孩是自己的表妹，还说是因为自己父亲病了，她爸妈让她来探望一下，因为时间太晚自己才送她回家的。

雨蝶听后有点不相信，问他道："那她爸妈干嘛不自己来？"

林森愣了片刻，回答说："你也知道我爸是怎样的人，亲戚都断了来往……"

然后一脸怆然地把头埋到了膝盖间。雨蝶见他如此，顿时慌了，语无伦次的解释说："啊……我……你别多想……我不是那个意思嘛……其实我……"

没等她把话说完，林森抬起头打断她："我没有怪你，我没事。"

雨蝶听后点点头，不再开口，默默地侧过身子，把头轻轻地靠在林森的肩膀上。

林森愣了一下，斜过目光，惊诧地望着她。雨蝶没什么反应，只是闭上了明眸，面颊也更加红润了。林森顿时手足无措，思绪完全乱了，脑海波飞浪涌。他忘了自己是谁，忘了这个头部靠在自己肩膀上的女孩是谁，甚至连自己现在背部所依靠着的是一个老人还是一棵老树都分不清了。

此刻，林森就像一个海上的遇难者，独自抱着一块木板漂浮。眼前是无边无际的黑暗，脚下是深不可测的海水。他想呼喊求救，可叫声刚一发出就会被海浪翻涌的巨大声响所吞没。这时，方才那个打不败的恶魔又逼近了，它乘虚而入，轻而易举的就占领了林森内心思想的各个领域，林森的灵魂开始被它控制了。

它在林森的脑海中不停地回放男孩的手揉搓女孩胸部的那个画面，这就像一针兴奋剂注射到林森的身体里，令他的心脏跳动剧烈，滚烫的血液沿着皮肤下的血管肆无忌惮地奔流，欲火在身体里熊熊燃烧。林森无力反抗，任凭身下尘根勃起，面颊红热，汗水顺着张开的毛孔往外倾泻，浸湿他的衣服。

此时，林森已完全不能自禁了，欲望已经通过他的灵魂控制了他的身体。它调动林森手臂的力量，让他一把将雨蝶瘦弱的身躯揽入怀里。雨蝶瞬间惊觉，开始有意识地挣扎喊叫，可已经太晚了，林森完全丧失了理智，像一头发疯的怒狮，丝毫不顾她的哭喊反抗，用一只铁臂将她紧紧地锁在怀里，另一只手像那个男孩一样在她那尚未发育成熟的乳房上揉动，嘴唇狂热地舐吻着她散发着幽香的肌肤。

一种热乎乎的快感浸透了林森的肌肉，他的渴望愈加强烈。他猛然将哭喊挣扎的雨蝶按倒在地，火一般的躯体快速地压了上去。他的手疯狂地拉拽着雨蝶腿上的那条紧身牛仔裤。他迫切需要雨蝶，需要雨蝶身下的那个隐秘的洞口，所以他拼尽全力的想要撕下雨蝶的衣裤，但也引来了雨蝶更加猛烈的反抗。终于，雨蝶用双臂一把推开了他，迅速从地上爬起，风一般消失在了芦苇丛里，只留下了一串伤心欲绝的悲泣……

第十九章

　　仰望天空，阴云不知何时吞没了明月，将夜空涂抹得一片墨黑，如盲人眼前的世界。冷风乍起，凄厉地号叫着。阴森恐怖的夜色深处，仿佛游荡着一只只面目狰狞的冤魂。林森一动不动地躺在樱树下，像个行将就木的老者，呆滞的目光直插入眼前的黑暗中，失去了生机与活力。

　　平静，这宝贵的平静，他终于可以与之相伴共处。可是顷刻之间，可怕的死神也跟来了，他在林森的脑际安装了一台幻灯机，并把刚才那狂热的画面一遍又一遍的回放，借用林森的良知来折磨他的心灵，以达到自己那不可告人的目的。林森受不了这种折磨，终于在死神的淫威面前屈服了，他答应了死神那无耻的要求——献身于他。

　　于是，林森从地上一跃而起，跑到池塘边纵身跳了下去。一阵泛骨的冰冷，他投向了死神的怀抱，但这时却有一股求生欲滋生出的力量在向后拉他，那股力量帮他挣脱了死神的锁链，教他如何挥动手脚，逃离死亡的深渊。水面激起道道波纹，不谙水性的林森费尽周身力气才挣扎到了岸边。

　　脚下重新接触到平稳安全的陆地，林森的心里涌起了些许难言的欢喜，但随即就被深深的悔恨给驱散了。林森爬上湖岸，冲到河边，沿河边向前疯跑了一段。他再停下后，环顾一下四周，只有数不清的深沉夜色，唯一能辨认出的，就只剩下身后平静的河水和前方一条伸入远处黑暗中的小路。

　　"管他呢，到哪都好！"

　　林森心里这样想着，拧干衣服，起步沿着那条不知名的小路向前走去。

　　此时此刻，他什么都不愿多想，因为那只能带来更多的伤痛。一直以来，他都试着让自己的思想脱去成熟和理性，变得和幼年时一样的单纯和天真，他甚至幼稚的以为，这样就可以中和掉人生道路上的酸甜苦辣，避开生命的不幸。但他错了，彻头彻尾的错了。人的生命之所以悲惨，就在于人生之路上的那些你永远无法避开的不幸，这些不幸，你避不开，也忘不掉。所以，尽管他竭力不让自己回忆刚才的事，但雨蝶离去时的背影却不停的在他脑海浮现，他根本控制不了。人的思想伟大而不可战胜的原因或许正在于此：思想可以指挥肉体，但肉体永远也干涉不了思想！

林森继续走着，由于寒冷，他不得不加快步伐来使身体获得热量，湿寒的衣服紧贴在身上，冷风一吹，仿佛冻结了一般。夜空中不知何时开始下起雨来，将小路涂抹的泥泞不堪。林森不觉得疲惫，也对寒冷麻木，他像一只在午夜漫无目地游荡的鬼魂，对一切都显得灰心失望。

脚下的小路在夜雨中擦过镇子臂膀，爬上了后山的脊背。林森慢慢走着，脑海一片波飞浪涌。耳际仿佛有个人在不停地问他问题，仔细倾听，却是他自己的声音："她现在怎样了？她现在在干嘛？她是不是回家了？或许她没有回家，那她又去哪了呢？她是不是正独自躲在一个角落里痛痛的哭？她是不是也像我一样要自杀？她会不会正把这件事告诉她爸妈？他们会不会打电话报警？警察会不会正在到处抓我？……"

这些问题像雨点一般打下来，在林森的心底聚成了一洼潭水般的恐惧。他慢步跑起来，泥路湿滑，他必须小心谨慎才不会摔倒。

夜色浓厚，雨仿佛下得更大了。林森疲惫不堪，他的知觉稍稍恢复一些，饥饿和寒冷像两块巨石压在他的身上。他迈着两条麻木的腿向前跑着，随时都可能坚持不住而倒下。他用最后一点精力瞪大双眼，企图辨清周围的环境，却只望见路旁两条黑压压的由草木砌成的"围墙"。他大声呼喊了一声，声音很快就被雨声吞没了，就像林森的灵魂被魔鬼吞没了一般。

几分钟后，远处山野里突然迸射出一束黄光，快速扫过了林森的视线，但随即就被夜色吞没了。在亮光出现的那一瞬间，林森分明望见了山野里的一块巨石，足有一米多高，像一个方台。他拼尽全力，抬起铅块一般沉重的腿脚朝那块石头走去，突然脚底一滑，身体倾倒，他刚感到一阵剧烈的疼痛，便失去了知觉。

再醒来时，已经过了一夜。林森睁开睡眼，只觉得头痛欲裂，脑袋昏昏沉沉，什么都想不起来。他又定了定神，稍微恢复了一点思想的能力。他这才惊觉自己躺在一张陌生的木床上，薄被下的身体一丝不挂，衣服却不知到哪去了。林森急忙环顾四下，看见这是一间光线暗淡的小屋，家具陈设极其简单，空气中还浮动着轻微的酸腐味。他大声呼叫看有没有人来，掩着的房门应声开启，走进来一个瘦弱的老头，林森一眼认出他就是自己给母亲上坟那天在沟里遇见的那个唱戏的拾柴老人。

老人面无表情的走到床前，扔下林森的衣服，便转身出去了。林森欲言又止，只好忍着头痛，穿好衣服下了床。他的腿脚一片红肿，每动一下都如刀割一般，但他还是强忍着套上洗刷干净的运动鞋，一瘸一拐地出了房门。

房外空气湿润，令林森感觉清爽不少。他举目四望，映入眼帘的是一座四合院式样的庙宇。庙宇沉沉，正对面是侧殿，右面一堵高墙，中间嵌着两扇紧闭的漆红木门。左面雄踞着一座大殿，门楣上悬着一个木匾，匾上刻着"大雄宝殿"四个漆金大字。正殿两侧各有一个角门通往后院。松柏梧桐散布四下，院子中央摆着一个石刻香炉，足足有一米多高。里面炉烟袅袅，四周花影微微。

"这是哪？"林森自问道。

这时，刚才的那个老头从对面的侧殿走出，手里抱着一捆干柴朝后院而去。林森急忙喊他，他却如没听见一般，径直进了角门。林森只好也跟着挪动脚步，去了后院。后院里，三座殿堂连作一排，门前种满了碗口粗细的核桃树，枝上系着红绳和平安符，树下林立着一块块石碑。

林森搜寻四周，却不见老头的身影，又去三个殿堂里看了看，也没有找到。正当他在石碑间徘徊不定时，脚下忽踩着一块硬物，俯身拾起来看，竟是雨蝶的那枚红玉，上面还系着红丝。他猛然忆起雨蝶说的、去庙里上香时丢了玉蝶的话，这才认清，此处就是坐落于东山之上的云月庙。

"我怎么会在这里？"

林森正觉得疑惑，那个老头正好又从前院回来。他忙上前询问，老头瞥了他一眼，只开口说了一句话："天亮了，你下山去吧！以后夜里别在山上乱跑，危险！”

　　说罢，便转身进了最东边的一间殿堂。林森没有随他进去，只冲他的背影喊了声"谢谢"，就拿上玉蝶，慢慢地穿过角门，绕过前院，出了庙门。

　　站在青苔覆盖的石阶上，林森回首仰望，只见一对破旧的灯笼间，悬着一个红底木匾，匾上三个描金古字——云月庙。他又低头看看手里的玉蝶，不由惨笑了一下，然后忍着疼痛挪动双脚朝山下走去。

　　湛蓝的天空中隐约可看到几粒星辰，却丝毫不见太阳的踪影。东方和西方的天际都开满了花朵般的红霞，在凉风中散发着醉人的芳香，醉的人分不清现在是黎明还是黄昏。林森在山路上走着，脑海不像昨夜那般波浪翻滚了。情感的释放，身心的疲累，反而使他平静了许多。

　　他不会再去悔恨和自责了，因为他的心中此时有了一个新的认知：既然错误已经铸成，那再怎样恼悔也无济于事。应该坦然的去面对，错误就像人脸上的皱纹，无法消除，只能淡化。人非圣贤，孰能无过？过而能改，善莫大焉。一个人犯了错不可怕，可怕的是他不敢正视这些错误……

　　林森想着这些，思绪也逐渐变得轻快了，仿佛甩掉了一个沉重的包袱一般。他加快了步伐，腿脚也不觉得怎么疼痛了。

　　下山回到小镇后，他直奔学校而去。从早点铺经过时，他见里面的人很少，老板也已经在收拾蒸笼汤盆了，由此确定时间已经不早，不禁又加快了脚步。

　　他来到校门口时，听见里面的预备铃声刚刚敲响，立即松了口气。他不敢直接去找雨蝶，就走进自己教室，问要好的同学，雨蝶来找自己没。同学们都说不知道，这时一个家离雨蝶较近的女生听见他问，开口说："孟雨蝶吗？她今天没来上学，好像是病了，很严重，早上她妈来我家让我来学给她捎个假。"

　　林森听后脸色突变，上前紧张地问："病了？怎么会病的？啥病，你知道吗？"

　　那个女生回答："我也不清楚，好像是昨晚出去玩回来就病了。我听她妈说，她夜里做了一夜噩梦，脑袋发烧的很厉害，别的我就不知道了。你可以去她家看看她，毕竟她平时跟你那么熟。"

说罢，那个女生就又低头看书了。林森一阵头晕目眩，体内冷汗直冒，仿佛要倒下一般。还好这时高雨霞从他身旁经过，急忙扶住了他，热心地询问他怎么回事，是不是病了。

林森沉默着歇息了片刻，正准备开口，班主任就踏着上课铃声走了进来，他转头迎向班主任说："老师，我病了，想请假。"

班主任看了看他那苍白的面色和虚弱的身体，感觉他不是在说谎，就答应道："好吧！不用写假条了，快去医院看看吧！"

林森"嗯"了一声，便在班主任和全班同学的注视下，摇晃着身体出了教室。

日上三竿，阳光和煦，照射着湿漉漉的街道，反射出一片炫目的光华。林森朝雨蝶家走去，一路上思绪凌乱。一方面为她的病担心，另一方面又害怕见她——或许她已经把一切都对她父母说了，也或许没有，因为现在也没动静，雨蝶可能谁也没说。

"离她家已经越来越近了，我到底该怎么办？"

快到雨蝶家的街巷时，林森自问，却毫无头绪。他开始踌躇起来，在雨蝶家门前的街口徘徊，这时有一个人向他迎面走来，正巧是雨蝶的母亲。她刚从邻居家出来。

林森顿时吓得魂飞魄散，脸上血色全无，张着嘴却说不出话。雨蝶母亲看见了林森，就热情地冲他打招呼："林森，你在这干啥？学校不上课？"

林森松了口气，却不知道该如何接话，突然想起早晨捡到的玉蝶，就忙从衣袋里拿出，递给雨蝶母亲说："我昨天去云月庙玩时捡到的，来还给雨蝶。"

雨蝶母亲用手接过，看了看笑道："还以为找不到了，赶巧是你给捡到了，我家雨蝶还为这抹鼻子流眼泪呢！你可真是个好孩子，还给送来。不过，我家雨蝶她发烧了，在家里躺着输液哩！也不知道咋回事，昨晚出去玩，淋着雨就回来了，能不发烧吗？你进去看看她吧！"

　　林森听后忙连声说不用，扯了个谎说老师让自己出来买复习资料，自己顺便来还玉蝶，要赶紧回学校上课。雨蝶母亲听后没有多疑，还夸林森爱学习，让他赶紧回去吧。林森说了声"再见"，就转身跑走了，只留下雨蝶母亲笑眯眯地看着他远去，然后才进了自己家门。

　　林森也一口气跑回了家中，躺在床上就再也动不了了，只呼呼地喘气。林国邦在自己房里听见开门声，忙出来查看，见儿子刚回来，病殃殃的，走去摸摸他的额头，烫的烧手，急忙出去给他找大夫，倒忘了追究他彻夜不归的事。

　　林森高烧不退，连续在家躺着输了几天液，其间，高雨霞向同学打听到他家的地址，提着水果来看望他。林森就借机向她打听雨蝶的事，却终究没有得到什么有用的消息，倒把高雨霞问的不开心起来。林森无心管她，任她嘟着嘴告辞离去。

第二十章

　　转眼又到了星期一，一大早，林森就穿好衣服下了床，刚吃过早饭便急急去了学校，不料在校园里恰巧遇见了雨蝶。她正在做值日，上身穿着一件白红格子衬衫，外面套了件银白色的外套，腿上是一条灰黑色的牛仔裤。她的脸上血色稀薄，好像病还没有彻底痊愈，目光也十分惨淡，失去了往日的光彩，眼角仿佛有一朵泪花在不停地闪动。她的头发不知何时剪短了，齐齐地垂到脖颈处，像一只蝴蝶的翅膀。

　　林森在她面前停下脚步，伤感地望着她。她一抬头看见林森，先恶狠狠地瞪了他一眼，然后便躲去了花坛后。林森的脸被她那灼热的目光烫得发红，只好低着头走了过去，进教室上课。

　　中午放学后，林森莫名其妙的被班主任叫去办公室，他还没开口，班主任就笑着对他说："林森，你来了，病好了没？"

　　林森困惑地点点头。班主任又说："那就好，叫你来，是有件好事要告诉你。是这样的，咱们县教育局每年都要在初三的学生中举办一次未来杯竞赛，考试科目无非是语数外加物理，给各学校的名额很少，咱们学校今年就一个名额，校长说给你了。明天就去县城考试，所以你要早点来学校，有个老师陪你一起去。中午不回来，他带你去吃饭。你一分钱都不用拿，学校还给你补贴二十块钱当做零用。给，这是钱。"

　　她说罢，便从办公桌的抽屉里拿出一个信封递给林森，待林森接过后，她又说："林森，你是咱们学校这一届学生中最优秀的，校长和老师们也对你抱着很大的希望，明天的考试很重要，关系到咱们整个学校的荣誉，你一定要调整好状态，发挥出最佳水平。如果考好了，县里还会推荐你去参加市里的竞赛、省里的竞赛，这对你以后考学是有很大帮助的，一定要引起重视，明白吗？"

　　林森心不在焉地听着她的话，最后只点点头，就从办公室退出来，拿上信封里的钱快步出了校门。

　　到家吃过午饭，下午来学校时，又在校门口遇见了雨蝶。雨蝶照旧瞪了他一眼，快步躲开了。林森灰心失望地走进教室，坐在桌前什么也不想干，只是一动不动地趴着。

高雨霞过来问他是不是病还没好，他也不答，高雨霞自讨个没趣，就又问林森是不是对自己有什么意见，为什么总是对自己爱搭不理的。

林森正觉得烦，见她这样问，直接就把火气发到她身上，抬起头对她说："为啥不理你？因为你烦啊！"

高雨霞听后委屈的想哭，转过头走开了。林森觉得心有不忍，但也懒得去解释道歉，就又趴在桌子上。他昏昏沉沉地上完下午的课，放学时第一个跑出教室，冲出校门，来到雨蝶回家必经的一条小巷，坐在路旁的一块石头上等她。可雨蝶却迟迟不来，林森开始盯着地面发呆。

苍烟落照，夕光映射下的小镇，颓废的像一片废墟。这时一串脚步声传来，将林森拉出了痴茫状态。他抬头望去，正是雨蝶，忙从石头上站了起来。雨蝶有些近视，但又没配眼镜，没看清路边坐着的人是他，一路走近，方才看清。她先是一怔，然后投过来两道钢锥一样的目光，刺得林森不敢抬起头看她。

雨蝶冷笑一声，转身欲走，林森却上前用手拉住她的胳膊，口中用哀求的语气说："别走，雨蝶……我求你……你听我说……"

雨蝶奋力甩开他的手，像是怕他弄脏自己一样，大声嚷道："你还有什么可说的！林森，我以前真是看错你了，没想到你是那种人。我永远都不想再见到你这个伪君子！"

说罢就绕过他疾步跑走了。林森看着她的背影，没有再追，眼角倏然流下了泪。

夕阳隐没，雾一般的夜色渐渐升起，无声地涌来，逐渐吞噬了一切光明又美好的东西。林森失魂落魄地朝家走着，眼角热泪滚落，湿润了脸庞。到家门口时，他忙擦干泪痕，才踏进家门。林国邦已做好了晚饭等他，见他回来，忙一边给他盛饭，一边关切地问他感觉怎么样。他答说还行，林国邦又问他怎么回来的这么晚。他就说了自己被老师叫去通知说去县城参加竞赛的事，林国邦听后兴奋异常，口中不停地叫好，饭也吃不下，跑去亡妻牌位前就要烧香。

林森坐在沙发上冷眼看着他，越看越恼怒，最后把饭碗往桌子上一推说："你瞎折腾什么！不就一次考试！你放心，就是我考了满分，也不会奖给我钱，让你拿去赌！"

然后饭也不吃，直接回自己房间去。当他摔上房门时，瞥见父亲的表情，和上午自己冷漠对待高雨霞时她的表情那样像，那样像……

秋月东升，太白闪动。林森坐在床上毫无睡意，就拿出《红楼梦》来读，却只是盯着书页发呆。林国邦已经睡去，房间里寂静万分，连墙上钟表指针的走动也听得见。林森愣愣地坐着，窗外依稀飘进来一声雁鸣。他对雁鸣本无兴趣，却又睡不着，于是就下床穿好衣服，又套了件适合冬天穿的厚外套，蹑手蹑脚地溜出了房间，打开家门赶到屋后，想要看看大雁在哪。

月光明澈，照出了屋后的一棵杨树、树顶上的一个鸟巢以及鸟巢里静卧着的一只秋雁。林森轻轻地叹口气，盯着秋雁看了片刻，那只雁却再也没有开口啼叫。于是他折身返回，心中却不愿再踏进家门，就独自沿着街道漫步。天空寒星闪烁，地上街灯暗淡，林森低着头走着，思绪如一团乱麻，怎么理也理不清，索性便不再去理，任凭思绪如一叶孤舟漂荡在脑海上。

秋夜深沉，街道上不见一个人影，只是不时有几辆运货的汽车悄悄结队爬过。夜色里，先是一声低沉的喇叭，接着便望见沉重的车身从夜色里涌出，随着昏昏欲睡的车灯一闪，就重又钻进了更深的夜色里。

林森站在路旁的花坛前，看着这些汽车一辆接一辆的从自己眼前掠过，心中突然冒出一个想法：我为什么不偷偷地搭上一辆呢？无人知晓的离开，到一个没有人认识我的地方，忘记一切烦恼，开始新的生活。对，就是这样！我要去海边当一个渔民，我要去蒙古大草原上当一个牧人。我要离开这个令人痛苦的地方，我丝毫不留恋这里，因为它没有任何值得留恋的地方。

这样想着，林森就蹲伏在路旁，准备在有车经过时，纵身跳起抓住车身上的护栏。等了一会后，终于有一辆小型卡车驶来，它开得很慢，并且车厢后还有两条通上车顶的钢梯。林森等它驶近后，不假思索就猛的一冲，快步跑过车身，双脚跳高，同时伸出手臂紧握住钢梯，使出全身力气向上纵起，于是他的整个身子便贴在车身上。他边喘气边开心的笑着，为自己的成功感到高兴，开心的像个孩子。

站在钢梯上，林森觉察不到车子的行进，只看见路旁的店铺流水般划过，消失在身后的茫茫夜色里。这是一种莫可名状的奇妙感觉，人类的语言已经无法去描述它。对林森来说，它是一种欢乐，一种解脱，一种自由，一种背弃了人性束缚和人类文明的激动！林森紧紧拥抱着它，感到一种梦幻般的舒适。他逐渐放松身体，好去享受这份舒适，不料突然一阵颤动，舒适的感觉全然消失，因为他忘了抓紧钢梯，车子急转弯时将他甩了出去。

他还没弄明白发生了什么事，就摔到了路旁的草丛里。还好秋草丰茂松软，加上他的衣服足够厚实，他摔得不是很重，只擦破了手掌上的几处皮肤。他坐起来先简单查看了一下伤势，又四下顾盼，发现自己已经被带到了河滩边。他望见公路对面的快速路口处，那家夜来香酒店的彩灯还亮着。

"去买点啤酒，一醉解千愁！"

林森对自己说，就从地上站起身，拿出衣袋里学校给的二十块钱，穿过公路，走向酒店。他推门进去后，正在柜台前算账的店主不知生了谁的气，抬头瞥他一眼，不耐烦地说："关门了，到别处去吧！"

林森说自己只是来买几瓶啤酒就走。店主听后，阴着脸从桌下拿出五瓶啤酒，问他要几瓶。林森说全要了，店主就拿塑料袋给他装好，林森付过钱便提着出了店门。

提着啤酒站在路旁，林森举目四望，不知道该去哪里。这时他突然想到了那棵樱花树，就抬脚朝河边走去。他绕进芦苇荡，走到岛上的樱树旁倚着树干坐下，用牙咬开啤酒瓶盖，一口气喝完了一瓶。

静夜无风，月光下，池塘水面如镜，倒映着苍穹明月和满天星辰，如童话般美好。林森把头靠在樱树上，呆呆盯着湖面，感到一片迷茫。他不知道自己是该为远走他乡的计划落空而悲戚，还是该为自己被甩下车从而使那个虚幻的想法化为云烟而开心。他闭上了双眼，却丝毫没有睡意，就又开了一瓶啤酒，一口口地喝着。时间从他身旁匆匆走过，没有停步怜悯地看他一眼。夜在逝去，林森觉得一阵空虚，连以往喜欢欣赏的月色也失去了魅力。

"雨蝶！"他的内心对着辽阔的夜空呼唤道："你现在在做什么？睡觉吗？我知道你恨我，因为我对你做了最无耻、最下流的事！可是，我……这都不用说了，罪恶已经犯下，我可以承担，也愿意承担。我可以忍受你一切的责罚，我只求你给我一个赎罪的机会，一个机会！我愿意做你男朋友，长大后跟你结婚，陪你走完一生，只要你给我这个机会啊……"

他说着说着就变成了哀求，随后他就开始失声大哭，又不停地往口中灌啤酒。他涕泪横流，狂饮不止，酒精麻醉了他的神经，也令他忘记了烦恼，他靠着树干不知不觉睡了过去。

一声刺耳的鸟鸣，像一束电流，接通了林森那瘫痪电路般的神经。睁开睡眼，他隐约望见东方天色微白，一只灰色的水鸟从眼前晓雾涌动的池面上轻轻地掠过，消失在河对岸的林木深处。他站起身，走到河边用泛骨的冷水洗去满脸的睡意后，就又坐回到樱树下。他见地上还剩有一瓶啤酒，便咬开瓶盖，牛饮了一大口。他忘了今天要早点到校坐车去县里参加竞赛的事，脑海一片混乱，不知道该去哪里。

昨晚的事涌上心头，令他忍不住再次痛哭起来。最后，他决定还去昨天的那条小巷里等雨蝶，把自己的想法全部告诉她，以求得她给自己那个机会。他相信雨蝶不是铁石心肠的人，不会不给他一个机会，于是他快速喝完了啤酒，洗净脸上的泪痕，走出苇荡，登上河岸，回到了镇里。

第二十一章

　　风吹月落，日出扶桑。早起的人们脸上都洋溢着难以理解的兴奋，连枯枝上的喜鹊也受了感染，兴高采烈地啼叫着黎明之歌。林森来到那条小巷，像昨天一样静坐在石头上等雨蝶。过路的人都奇怪地盯着他，他却不加理会，只是坐着。

　　等了将近半个小时，雨蝶终于来了。林森快速上前想拦住她，但她一看见林森，脸色就变了，怒气冲冲地说道："怎么又是你？林森，我说过，我永远不会原谅你！你最好离我远一点，我觉得脏！"

　　林森羞愧地说："雨蝶，你听我说，给我一个机会好不好？我……我知道错了，我会好好弥补的，只要你给我一个机会！"

　　雨蝶听后稍稍克制了点，冷冷地问："机会？什么机会？你做的事怎么让我给你机会？"

　　林森低头沉默了片刻，用深沉的语调回答她说："只要你给我赎罪的机会，我愿意……用自己的一切……来弥补这个错……来补偿你……我可以为你做任何事……任何事……如果你愿意，我们现在就交往……等我们大学毕业后，我们就结婚……永远在一起……"

　　林森说完后便低头目不转睛地盯着雨蝶。雨蝶完全呆住了，表情木然地僵在那儿。突然，她颤颤地蹲下身子，双手蒙着脸低声啜泣起来。

　　林森迫切想得到她的回答，就也蹲到地上，手臂轻轻地抱住她的肩膀，俯到她耳边问："雨蝶，你愿意吗？"

　　雨蝶不置可否，一把将他推开，站起身，掩面跑走了。林森想追上她，却已经来不及，就冲着她的背影哀叫道："难道一个人犯了错，就永远没有出头之日了吗？"

　　雨蝶听后像受了震动，停步愣了片刻，徐徐回首，脸上满是泪水。她凄楚地看了林森一眼，对他说："来不及了，我们回不去了……"

　　说罢便脚步更加快速的消失在小巷尽头。

　　林森无助地站在那儿，这时有两个低年级女生从小巷经过，对他指指点点的。林森突然侧目，用一双被泪水染红的血眼恶狠狠地瞪她们，她们就被吓得惊慌而逃了，然后林森也迈开步伐，朝学校走去。

临近校门口时，有个初二年纪的男物理老师急匆匆地迎着他跑来，到他跟前说："林森，你怎么才来啊？昨天你班主任不说过，让你今天早点来嘛，快走。快快快，等你半天了，跟我去车站坐车，竞赛快赶不上了！"

说罢，不等林森反应，拉起他的胳膊就健步如飞地往车站奔去。

林森无力抵抗，只好加快步伐随着他赶到了车站。正好有一辆去县城的公交车还没启程，两人急忙挤了上去。车上人已坐满，他们只好站在过道上。那个老师买了车票递给林森，林森木然地接过，看也不看就塞进衣袋里。

过了一会儿，车子开动，缓慢爬出车站，穿过熙攘的大街，沿着平野上的公路朝县城进发。透过车窗，林森望着向后流逝的田野，绿油油的麦苗逼人眼目。

这时，站在他身旁的那个男老师轻声问他："林森，你来时带考试用的纸和笔没？"

林森不回答，依旧愣愣地盯着窗外。那个老师有些不快，也就不再对他开口了。

汽车伴随着林森思想的波动快速行驶着，临近县城时，车外的流景也变成一家家烟囱插天的化工厂。进入城区，街市整齐，高楼林立。那个老师带林森在一个十字街口下了车，又向西走过一条街，往北转弯，来到了一所中学里。他让林森站在花坛旁等着，自己去考生报到处查了林森的考场和考号，又帮他买了纸笔，就让他随其他考生进了考场。

林森在自己的位置上坐下后不久，开考铃声便响了起来，一个上了年纪的男监考老师进来给他们分发了试卷，然后考试便开始了。安静的考场里，那个监考趴在讲台上百无聊赖地垂着头，不久便睡着了。别的考生都在伏案疾书，只有林森空对着试卷，脑海一片茫然。好不容易填写好卷头后，他觉得一阵天旋地转，仿佛脚下卷起了一个旋风，眼前一片模糊。他连试卷上的考题都难以看清，心中只是不停地回忆着刚才雨蝶蹲在地上痛哭时的情形。

时间一分一秒的过去，林森一题未答，第一场考试结束了。那个监考被铃声敲醒，打着哈欠，快速地收好试卷，胡乱塞进密封袋，便离开了。别的考生都出去透气散心，只有林森一个还坐在考场里发呆。第二科考英语，他又交了白卷。上午考试结束后，陪他来的那个男老师带他出去吃过午饭，给他买了瓶橙汁，就又把他送进考场。下午监考换成了一个年轻的女老师，她进来给考生们发完试卷后，就拿个凳子坐到墙角玩起了手机。林森因为前两科都一题未答，索性连题都不看了，只填了个考号，就趴在桌子上睡起觉来。

两场考完，已近黄昏，那个老师带他去车站乘车。等了将近一个小时，却未见一辆车来。此时暮色已降，城区华灯初上，流光溢彩。一个好心的老者告知两人说今天公交车都不进站，只在前边一个路口就回返了。他们忙去寻找，还好赶上了末班车。回到小镇，林国邦已在车站等候多时，接林森到家后给他盛饭看着他吃罢，就让他回房睡觉去了。

两天后，竞赛成绩传送下来，贾校长怒火中烧，下午最后一节课时将林森叫去办公室，劈面质问他成绩的事。林森沉默了片刻，抬头回答说："这成绩没错，因为我一道题也没做！"

"没做？你怎么会……"

贾校长这句话还未说完，林森低声打断道："没意思，我故意的，因为没意思……"

贾校长顿时拍案而起，随手抄起一个小瓷杯猛摔到地。瓷片碎裂的声音令林森一阵发怵，吓得他呆若木鸡。这时，贾校长用手指着门口对他大声喝道："滚，现在给我滚出去！"

林森听后，慌忙退出办公室，却未回教室，到操场旁的水池边洗了把脸，一直在那里待到放学铃声响起。

他走出校门，回到家，林国邦还未回来，他只好先去添锅淘米，却发现家里米面都不多了。过了一会儿，林国邦一脸不快地从外回来，手机提着一小袋苹果和一盒月饼。林森问他，这些哪来的，他冷淡地说是厂里发的，就接替林森做起饭来。林森又告诉他该去买米的事，就独自回房做作业了。

风乍起，夜空如一泓清潭，半轮明月浅浅的浮在上面。林森静静地躺在房间的床上，迟迟没有睡意。在这样静谧的秋夜里，他因雨蝶的事而苦恼不堪，有个人却也像他一样的难以入眠，这人就是他的父亲。

在林森隔壁的房间里，林国邦一动不动地坐在床上，背靠着墙面，双眼无神地盯着前方，默默地抽着烟。烟头火光一明一灭，像是一种神秘的暗号。他平时是很少抽烟的，只有当他特别烦恼时，才会偶尔抽几支。而此刻令他烦恼的事就是：他被开除了。

自从他上次受伤请假以来，他就没去过厂里，今天是他首次回厂上班。可刚到那里，就被班长带到厂长办公室。他还没有猜到发生了什么事，厂长就把五百块钱递到他手里，假情假意地对他说："老林，你在咱们厂里也干了这么多年了，我也舍不得让你走，可是现在情况太紧急了。厂里效益不好，必须裁员，否则会支撑不下去的，所以……我这可不是赶你走，我也实在是没办法。再说，你有能力，心眼活，别在咱这个小厂里屈着了，到外面闯闯，干一番大事业，到时，你可千万记得提携一下我啊……这五百块钱就算做我给你的闯荡资金了，你拿着。唉，对了，来来来，把这袋苹果和月饼拿着，这是中秋节厂里发的福利，你请假没来，我都给你留着呢！好了，你去收拾一下东西，我还有事要出去，先走了。"

他说罢，就把苹果和月饼塞到林国邦怀里，头也不回地走了出去。

林国邦茫然无措地站在那，半晌才明白过来发生了什么事，急忙跑着去追他，却被班长拦在门口。

"国邦，别白费工夫啦！"班长迎面说道，"还是快去收拾东西走吧！你小子这么多天不来厂里，以为厂长会放过你。别去说啦！不然，一会儿你会被赶出去的，那就不好看啦！"

林国邦听后只好打消了去求厂长让自己留下的念头，却又想求求班长，让他去给自己说情，可看一眼班长，见他丝毫没有这个意思，就也连这个念头一并打消了。又想起自己在厂里没放什么东西，只好拿上苹果和月饼，在班长的监视下步出厂门，怅然回到了家。

月光透过窗帘，照亮了林国邦那凝重的神情。香烟的红光忽明忽暗地闪着，吐出了缕缕如生活般芜杂的蓝雾。他在为自己和儿子的生计担忧，这个家全都是靠他在厂里的那点微薄的收入过活，可现在他却被辞退了。早些年，他将家里分的田地送给别人耕种，自己倒清闲不少。又因好赌而欠了珍霞两千块的债，至今无力偿还，就连前几天林森生病输液的钱，他都还未向医院清还，而今天儿子又催促他去量米买面，他真的陷入了无计可施的地步。思索了一番，最后他决定明天再去厂里求情一次，说不定厂长会心念旧情而留下他。这样想着，他稍觉轻松了些，也就按灭烟头，侧身睡下了。

第二天，他一大早起床，做好早饭，又叫醒儿子吃罢，等儿子出门上学后，他便锁好家门，去了厂里。骄阳横天，碧空一片澄澈，万里无云。他到了厂门口，正准备进去，却被门卫老周喊住了。老周六十多岁的年纪，发须生白，喉咙被长年的烟叶熏烤，弄得沙哑低沉。他是厂长的表舅，仗着这层关系，平时在厂里作威作福，谁都敢惹。

林国邦听见他叫，回头看他一眼，笑问："周叔，叫我啥事？"

老周生硬地说："不许进去！上班期间，外人禁止进入厂区。"

林国邦满脸挂笑说："瞧老叔你这话说的，我啥时候成外人啦？"

老周听后，冷笑了一声道："你小子别装傻，昨天我外甥交代了，你来不许让你进去。我看你还是早点走吧！我在这儿看了十几年门，太了解我这个外甥的脾气，从来没见过哪个被他赶出去的人能再回来！"

"周叔，咱俩也算老交情了，你就让我进去吧！我去见厂长，说不定这事还有转机呢！你老就卖个人情，放我进去吧！不然，你老跟我一起去，帮我求求他，咋说你也是他的亲舅，你的话他会听，咋样？"

林国邦陪着笑脸，从自己衣袋里掏出一包烟，塞到老周手里。老周却一把将烟盒摔他身上，一手指着他，发狠道："你再不走，我就叫人啦！我劝你放明白点，快点滚开，不然有你受的！"

林国邦见他如此，料知自己进不去，就捡起地上的烟，转身忍气吞声地离开了。

第二十二章

秋日高悬，街上荡漾着清风。道旁花坛里群芳争艳，已近暮年而风韵犹存的桂花，火一般傲然盛放的菊花，它们散发出的幽香，如一个个舞者随风舞动。香味扑鼻而来，令人神清气爽。林国邦向镇南的棋牌室走着，口中不停地低声咒骂着门卫老周和厂长。到那里后，一进门，但见厅堂里人影寥寥，只有几个老头聚成两桌在打麻将，连珍霞也不在。

林国邦觉得奇怪，就问一个站在一旁观牌的老头："老叔，今天是怎么了？这儿的人咋这么少？"

老头不耐烦地用手指了指地下，林国邦心领神会，道声谢后就转身进了里屋。拉开柜门，黑乎乎的洞里传出一阵嘈杂声。他沿着甬道进入地下室，那里灯火通明，热闹非凡，烟气酒气惹得人精神狂热。

在狭小的地屋北角，一群人围着一张长桌，桌后是一个体格魁梧的大汉，上身一丝不挂，胸口纹着刺青，是只啸天猛虎。他手里握着一个摇子，紧紧地按在桌子上。桌前的人们已下好了注，静等着他开盘。

林国邦挤到桌前，指着对面的壮汉低声问旁边一个认识的男子说："伙计，这人谁啊？"

男子白他一眼说："谁晓得呢，可能是新来的吧！你玩不玩，押大小，这人今天刚开始弄这个，也要搞开业大酬宾那套，一赔二，过了今天以后，再来玩就只一赔一了。一注五十，今天势头不错，要玩就快下手……"

他说到这时，壮汉一挥手把摇子拿开了，开盘点数为小，人群一阵喧嚣，有高声大笑的，也有低声咒骂的。桌后的汉子把一部分钱推给了押小的赢家，把剩余的部分揽到了自己跟前。他汗湿的脸上堆着淫笑，口中招呼道："来来来！再来，别小气，押多了自然会有好运气，数钱数到手软！"

然后又摇起了骰子，桌前的人们便又纷纷下注。

林国邦看到桌上杂乱的纸币，心也受了拨动，摸出昨天厂长给的五百块钱，心想先押个大，图个吉利，就将整一百块押到了大上。开盘点数为四五六，他一阵狂喜，忙从桌上拿走了三百块，然后接着玩起来。

赌场有输赢，但久赌必输，不输到囊空如洗决不罢休，这就是赌徒心理，总以为会翻盘，但往往血本无归。林国邦正是这种赌徒，在接下来的一个小时里，他将手中的八百块钱输得一干二净。当他最后将仅剩的五十块小心翼翼地押在小上，双拳紧握，两眼圆睁地盯着大汉手中的摇子，看到点数为四四六时，他心中支撑灵魂的石柱轰然倒塌。一阵头晕目眩之后，他缓缓地退出了人群，缩到墙角，被靠墙面坐到了地上。

这时，一个三十多岁的陌生光头男子走到他跟前，将一瓶啤酒递给他说："老兄，来两口。"

林国邦抬头愣了片刻，接过酒瓶牛饮了一大口。然后光头男子又把烟和打火机递了过来，林国邦接过点燃了一支，光头男子便俯身坐到他旁边，开口问："输了吧？"

林国邦羞愧地点了点头，光头又说："没事，赌场上，千金散尽还复来，迟早会捞回来的！"

林国邦用手拭去脸上的汗水，狠狠地抽一口烟说："钱都输完了，还拿啥捞？"

光头听后四下看了看，确定没人注意后，俯到林国邦耳边轻声说："钱是小事，只要你跟着我干，我保证让你财源滚滚。"

林国邦听后狐疑地看了光头一眼，试探着问是什么活。光头正准备回答，另一个壮年男子铁青着脸走过来，低声喝道："你还敢来这儿！给我滚出去！"

光头一听，忙从地上爬起，奴颜婢膝地说："龙哥，我这就走，这就走，您别动气。"

说罢，忙丢下林国邦，急急地出了地下室。男子等他走后，回头看了看林国邦，冷冷地说："我叫王龙，是这当家的！"

林国邦早已听说珍霞的丈夫是个狠角色，长年在东北那边闯荡，现在见了，果然觉得凶气逼人。他忙从地上站了起来，正准备搭腔，王龙又开口说："你是国邦吧？常听我家珍霞提到你……欠的两千块赌债，是不是该……"

林国邦听后一阵发窘，低着头支吾道："是该还了……不过最近厂里……家里出了点事……再宽限……两个……一个月……几天吧……"

"好，看在你跟珍霞老相识的份上，我再给你十天时间！"

王龙威严的说罢就要转身走开，却又想起什么，回头对林国邦道："刚才那个光头不是好人，你可别被他骗了！"

然后没等林国邦回应，就挤进人群，看别人押宝去了。林国邦松了口气，忙举步拾阶出了地下室。走出大厅，户外骄阳热暖，已近中午。他回到家中，做好午饭，等儿子回来吃罢，就倒在床上，沉入了梦乡。

林森下午到学校上完一节课，第二节课是体育，他借了同学的篮球独自在玩。下课后，其他同学都回教室去了，他却仍自得其乐的在打篮球。直到上课铃响，他才不紧不慢地抱起篮球穿过角门，朝教室走去。到了门口，数学老师已经开始讲起了课。他喊了声"报告"，数学老师却久久不做回应。他又喊了一声，数学老师仍在继续讲课。他提高嗓门最后喊了一声，数学老师青着脸转身喝道："喊什么喊，要进就进，不进就滚！"

林森一听，愤然发怒，抬手将篮球扔进教室的过道里，转身阔步走下教学楼，回到了操场。那里正有一个低年级的班在上体育课。

林森去水池边洗手，听见身旁的一个女生对另一个正坐在水池边的平台上捧书而读的男生说："你学习也太努力了，小心脑子坏掉！"

那个男生听后抬头一推眼镜，笑道："那怎么可能，学习会让脑子更聪明。"

女生就说："你别不信，我邻居家的一个孩子在县一高上学，他就是学习太努力，脑子累坏了，现在成了白痴，你这样下去，保管也成他那样。"

男生半信半疑地问道："真的假的啊？别骗人！"

女生说："谁骗你，你可以去打听打听，我妈都不让我努力了，怕我也成他那样，还说不管怎样，都不如身体好重要！"

男生听后不以为意地笑笑，不理女生的话，继续读他的书。

　　女生见他如此，就洗好手，往他身上甩了把水，跑开了。男生不放过她，合上书就跑着去追她了，独留林森呆呆地愣在那里。

　　那个女生的话使他想起了运文和他哥哥运阳，最近他为自己和雨蝶的事心力交瘁，无暇顾及这兄弟两人，现在突然想起，不免心生愧疚，急于想知道他们的现况，尤其是运阳的病情。他觉得应该去他们家里看看，却又不知道什么时候去好。

　　林森想着这件事，不愿回教室上课，就决定现在逃课去运文家里。他离开水池，穿过空无一人的校园，到了校门口。门卫向他要假条，他说没有，门卫就不给他开门。林森无奈，只好转身去了校门东边的学生自行车停放区，学有些逃课的同学踩着停放在围墙下的自行车的后座，翻墙而出。

　　到了校外，正值白日西斜，天际霞光如片片绽放的红菊，散发着醉人的芬芳。林森一路穿街走巷，到了运文家门前，却见运文家门紧锁，门板上铺满灰尘，像是很多天都没有人回来过了。他四下巡视，看见邻居家门前闲坐着一个昏昏欲睡的银发老奶奶，就上前向她探问情况。

　　老奶奶上了年纪，听力衰弱，林森重复了数遍，她才听清，点着头回答说："哦哦哦，你是说运文家啊？他家可是倒霉了，他哥运阳上学把脑子累坏了，他妈从北京回来带他哥治病去了，现在还没回来呢！可怜运文这孩子，又打工去了。唉，爸死了，哥也傻了，这一家子……可怜呢……"

　　她说着就抹起了眼泪。林森安慰了她几句，她便收住眼泪，转而问林森的情况，然后又与他唠叨起陈年旧事。这个老奶奶也是一个人孤寂久了，好不容易有个人来跟她说几句话，她高兴坏了，一直给林森讲自己年轻时的旧事。林森听得烦了，就敷衍着找了个机会抽身而去。

　　夕阳西下，林森低头走在回家的路上，心情被运文的事搞得很是阴郁，也没注意周围，突然背后被人轻拍一下。他一转身，透入眼中的是雪雁那无比明媚的笑脸。雪雁长发垂肩，湿湿的，显然刚洗过还没干，透着一股淡淡的清香。她白玉般的脸庞上染着一抹绯红，使人不由自主的想到这样一幅画面：在茫茫无垠的雪原上，绽放着一朵朵艳丽的红色山茶花。林森心中的阴郁一扫而光，嘴角也像雪雁一样绽开了微笑。

雪雁看着他，先开口说："我远远就看见一个人，很像你，但不敢确定，就在这里等你走近，没想到真是你。上次在街上就是这样，你走路都不看路吗？"

林森笑了笑，说自己正在想事情，没注意。雪雁又笑着问他："这个时候你不是应该在学校上课吗？"

林森回答说："我有事请假出来了。你呢，下班了？"

雪雁说："我们店长今天陪他媳妇回娘家了，店里没开门，我就待在家里。"

林森听后欣喜地问她："家里？你家在这儿？"

"嗯，"雪雁点头回答，指着前方一户人家说："就那家。"

林森看了看，见是户特别普通的人家，想再和她聊几句，不料这时从雪雁家里传出一个女人凶恶的声音："雁子，你个死妮子，又去哪疯了？我告诉你，天黑前你不把衣服洗完，就别想吃饭！"

林森猜想这是雪雁的那个继母，怕她为难雪雁，就对雪雁说："叫你呢，你先回去吧，有空我们再会。"

雪雁尴尬地羞笑着点点头，道了声"再见"，便转身跑进了家门。

林森又朝她家里望了两眼，见雪雁正蹲在院子里洗衣服，就默默地走开了。

回到家中，林国邦气咻咻地坐在沙发上，叫住准备回屋的林森，厉声质问道："你今天下午干啥去了？"

林森停步瞥了他一眼，语调平静的回答："在学校。"

"在学校？你在学校，那老师会来家里找你？你还敢跟老师顶嘴，还敢逃课，你现在是越来越不像话了！"林国邦愤愤地说。

林森低着头不作回答，林国邦更加恼怒，从沙发上站起来，用近乎咆哮的声音喝道："人有脸树有皮，你自己不知羞，连我都跟着丢人！还有，到县城考试你干了啥？为啥不好好考？那么好的机会就被你浪费了。今天你就说，你到底还想不想上学？你说你现在这个样子，怎么对得起你妈？"

　　他说到这时，林森猛然抬起头，用充满仇恨的目光瞪着他，针锋相对道："你少跟我提我妈！对，我就不想上学了，你看着办吧！"

　　说罢转身出门，留下林国邦表情愕然地呆站了很久，才失去支撑般瘫倒在沙发上，用手捂着脸，身体痛苦地颤抖，脸上满是浑浊的老泪。他用模糊的泪眼看着亡妻的牌位，更加泪如雨下。

第二十三章

　　秋夜如花的芬芳，被风从天堂吹散，弥漫了整个人间。月舟轻移，漂荡在夜空中，抛下了条条银色丝网状的月光。林森漫步街头，心中的怒气渐渐被夜风吹尽，留下的只有一堆死气沉沉的寂寥和落寞。连美妙的夜景也丝毫提不起他欣赏的兴趣，他只是独自走着，想摆脱身后的寂寞，而实际上却走进了更深的寂寞。

　　这时，他看见前方街头围了一群人，就走上前去，想看看发生了什么事。只见身处人群中间的是一个六十多岁的老头和一个十二、三岁的男孩，男孩的身旁还倒着一辆自行车。老头紧紧地拽着男孩的手臂，口中喊着："你撞了人，还想跑，没那么容易！"

　　男孩一边想挣脱他的手，一边为自己辩解："谁撞你了，明明是你自己踩到西瓜皮滑倒的，我好心停下车来扶你，你就一脚踢翻我的自行车，冤枉我说是我撞了你，你真老不要脸！"

　　老头一听怒不可遏，高声骂道："你个臭小子，还敢骂人！我怎么是冤枉你，就是你撞了我。我本想看你小，算了，没想到你人虽小，说话却挺横，我非让你吃点苦头不行。走，找你爹妈去，我要他们给我个交代，老子不是好欺负的！"

　　老头说罢就要拉男孩走，男孩不停地挣扎。这时从周围看热闹的人群后挤进来一个穿着背心的壮汉，他满身酒气，醉醺醺地摇荡到男孩身前说："真是你啊！明明，晚上不回家还在街上玩！"

　　男孩看到救星，忙奋力挣脱老头的手，躲到那个壮汉身后说："三叔，这个老头，他自己在街上踩着西瓜皮摔倒了，我去扶他，他却拉着我不让我走，还硬说是我骑车把他撞倒了。三叔，你快替我做主啊！"

　　那个壮汉听后连连点头说，决不会让男孩吃亏。这时老头在一旁急道："你是这小子的亲戚？那正好，你来说理。这小子撞了我还骂人，我要你给我个交代让大伙看看，我老汉这么大年纪了，万一有个伤筋动骨的，那可不是说话的！"

壮汉冷笑了一下，生硬地说："你要交代？好，我给你！"

说着便猛的从腰间抽出了一把匕首，寒光闪闪。四周围观的人都吃了一惊，有些胆小的忙转身匆匆离开。再看那个老头，他也被吓得面如土色，头上冷汗直冒，战战兢兢地往后缩着身体，口中结结巴巴地说："你……你……要干啥？"

壮汉冷笑着说："你不是要交代吗？我给你，过来拿吧！"

然后便手持匕首，朝老头逼近，老头急忙躲开，连连摆手告饶道："不要了，我不要了！"

壮汉这时把匕首往老头脚下一摔，高声喝道："要就拿去，不要就滚！"

老头吓得转身抱头鼠窜，冲出人群，消失在夜色里。

他走后，壮汉从地上拾起匕首，扫一眼众人道："看什么看，都给我滚！"

围观的人一听，忙四散而去。壮汉帮男孩扶起自行车，同男孩一起说笑着，转进了一条小街。

林森看完这一切后，不觉从心底涌起一阵寒意，冷冻了身心。他感觉自己的灵魂也好像被冰封了，变得麻木无知。他轻轻拭去眼角悄然盛开的一朵泪花，举步向前，朝镇外走去。

来到河滩边，林森下了公路，沿着河岸的一条小路慢慢走着。他想痛痛快快的喝酒，那个叫夜来香的酒店就在他身后不远处的公路旁，可他却身无分文。他无奈地叹口气，转而向河边走去，想洗把脸，不料却在一丛草木后遇见了曹达。曹达正在小便，没看清是林森，忙提起裤子转身就走。

林森喊了声他的名字，他回头仔细看了看才认出林森，嘿嘿地笑了两声，打趣道："大学生，是你老人家啊！偷看别人隐私是不道德的，你老不在家好好学习，晚上到这儿来做什么？约会啊？"

林森没有理会他的这些话，淡淡地说："你有钱没？借我点。"

曹达一听很是诧异，问林森借钱干嘛。林森想也没想就把实话告诉了他，说买酒喝。

曹达听后一阵惊奇，开口笑着说："喝酒？走，我带你去喝酒。"

然后便领着林森沿路而行，来到一处乱石堆积的河边，那里正有一群男生在饮酒玩闹。

借着月光，林森看清他们正是那天下午放学在操场上打球的那几个学生。这时曹达指着林森对他们说："看看，我把谁带来了。"

那几个人一齐朝这看，见是林森，顿时一阵惊呼。有个叫王悦然的男生先冲林森打起了招呼："哟，是咱们学校的大才子啊！哪个风把你老给吹来了，是不是老师让你来给我们补课啊？哈哈哈……"

他正笑着，另一个和雨蝶同班的名叫周风扬的男生接口说："对对对，来给咱们上课，就讲《金瓶梅》！林森，来一段！"

他们笑着，林森不开口，曹达这时插进来说："你们知道个屁！人家是来跟咱们一起喝酒的。快快快，拿一瓶过来，我先敬他。"

那些人一听，来了兴趣，周风扬忙递给林森一瓶未启开的啤酒。林森接过用牙咬开瓶盖，在曹达的瓶子上轻轻一碰，仰头一饮而尽，把周风扬他们几个人都看呆了，忙又给他递过一瓶。

林森一语不发，又和几个想找他碰杯的男生喝了两瓶酒后，就拿起两瓶酒，一个人去了后边，爬上一块巨石，坐下独自喝起来。

夜色深沉，冷月暗淡。林森独坐在巨石上，耳际只有风声、浪声和前边曹达他们几个人的嬉笑声。眼前是脉脉的流水，如寂寞的灵魂般，从夜色中涌出，又消失在远处更深的夜色里。林森喝完那几瓶酒，感到醉意朦胧，一阵犯困，就仰身躺在巨石上，缓缓闭上双眼。不知不觉，世界仿佛变小了，天地之间的距离好像缩短了，耳边的声音也渐渐消失了，林森感觉自己被抛进了一片混混沌沌的黑暗世界。

那里长空辽阔，却没有日月星辰。他抬头仰望，只见一道道亮光闪过，夜空中开始下起童话般美丽无比的流星雨。星光照亮了夜空，雨落无声，一脉白光刺破苍穹，落到地面，幻化成了一个衣着彩霞的少女。她亭亭而立，脉脉回首，林森看见，这个少女竟是雨蝶。她明眸闪动，目光温柔，正一动不动的凝望自己，盈盈而笑。林森轻轻地朝她走去，像怕惊散什么似的。可当林森走近她时，她却突然转身，张开双臂，化成一只红色的蝴蝶，栩栩而起，翩翩升上夜空，在万点流星中飞舞，飞舞，最后慢慢消失在了雨幕深处……

"才子，大才子！林森，醒醒！"

几声呼叫惊走了林森的睡意，他睁开眼，看见曹达他们几个都围在自己身边。

"你这啥酒量啊！才喝这么几瓶就醉了。"周风扬取笑他说。

林森没有理会，从石头上坐起，看看周围深沉的夜色，问众人道："现在几点了？"

"十二点了吧！"曹达说，"你自己回家去吧，我们去网吧！"

林森从石头上跳下，边用河水洗脸边说："我不回家！"

曹达他们听后相互看了看，又问他是否要和大家一起去网吧，林森想也没想就答应了。于是他们就登上河岸，回到镇里，来到一家小网吧上网。

林森没来过网吧，更不会用电脑，曹达便坐他旁边教他。林森玩着那些刺激的暴力枪战游戏，体验着杀人的快感。他将游戏中的人物看成是现实中他所仇恨的那些人，用刀枪把他们尽行杀掉。理智、道德、礼法、信仰，林森通通抛开了，他只想痛痛快快地玩一夜，让压抑已久的身心充分的享受自由自在的快乐。

这时，曹达又教他如何看电影，坏笑着给他点开了电脑桌面上的一个视频文件包，里面都是些日本情色视频。林森心领神会，戴上耳机，点开了一个视频，然后便旁若无人地看起来，直看得全身欲火中烧，身下那柄尘根似要爆开。他忙起身跑进厕所，待那团乳白色的液体射出之后，他才回到电脑前。曹达笑着问他刚才干什么去了，他不回答，困倦地趴到了桌子上。曹达又去网吧前台买了几罐啤酒，林森拉开一罐呷了几口，醉意伙同着睡意便一同向他压了过来，他立时就不省人事了。

一觉醒来，残酒渐消。林森四下看看，旁边曹达他们几个还趴在桌上睡着，昨晚的事已经忘了大半。林森没叫醒他们，一个人出了网吧。外面晨风荡漾，初升的朝阳散发着柔和的光。林森还是不想回家，就直接走去学校，却在校门口遇见了正在等他的林国邦。

　　林国邦怒火已消，问林森昨晚去哪了。林森撒谎说在同学家。林国邦听后没说什么，又问林森吃早饭没。林森说吃过了，让他快去上班，不用管自己。林国邦听后，低头沉默了一会儿，语重心长的说了句好自为之，就转身离开了。林森看着他的背影转过街角，才走进校门，到教室上课。班主任没追究林森昨天下午顶撞老师和逃课早退的事，只把他的座位换到了教室的角落里。对此林森默默接受，他一点也不在乎。

　　与此同时，林国邦一脸憔悴地走在街上，他昨晚一夜未睡。在林森摔门而出后，他便一直缩在沙发上默默地流泪。夜色降临，房间里光线暗淡，他没有开灯，只是静静地坐着。月光从窗外照进来，照亮了林森母亲的牌位，林国邦刚刚止住的泪水就又顺着眼角流了下来。他想起了妻子，想起了妻子临死时写给他的那张纸条："我不恨你，好好照顾儿子，别让他受苦。"当他从陈姨手里接过纸条，看到上面那模糊无力的字迹时，他的心受到了震动。也正是从那一刻起，他决定用自己的一生来养育儿子，以补偿儿子和死去的妻子。

　　他不是一个好丈夫，但他要做个好父亲。也正是源于这种想法，他问年幼的儿子是否要个新妈妈而儿子连声说不时，他便决定终身不娶，一个人来照顾儿子。月影西移，月光却向东移，落到了林国邦身上。他在等儿子回来，可儿子开门的声音却迟迟没有响起。他等不住了，轻轻地站起身，出了家门。

　　夜阑人静，寒月如霜。林国邦走在人声寂然的街上，视线极力捕捉着儿子的身影，可除了偶尔几辆夜行的货车，他什么也没有看到。他走过一条又一条街，还是没有找到儿子。昏黄的路灯下，他坐到一家店铺门前的台阶上，静静的望着眼前萧索的街道，一只流浪的母狗吸引了他那无处寄放的注意力。

　　只见那条狗焦躁的在街头跑来跑去，不时朝一些阴暗的角落里轻吠几声，像是在发暗号一般。这时，一个黑影从街口蹿出，向母狗扑来。林国邦定睛细视，原来是一只小狗，它的毛色与那只母狗很像。

　　小狗扑到母狗身上，轻轻咬扯着母狗的毛皮。母狗边快乐地吠着，边不时地用舌头舔砥小狗的额头，然后它们便一同消失在夜色深处。林国邦看着这些，内心百感交集，他突然起身，对着空荡荡的长街大喊了一声儿子的名字，回音如潮水慢慢回落，街道重又恢复静寂，没有任何人走出来。一道冷风吹过，林国邦想起儿子可能已经回家了，就举步往回赶。

回到家中，看见院里月光澄澈，屋里万籁俱寂，他知道儿子还没有回来，于是灰心丧气地倒在沙发上。他思绪起伏，一夜未眠，直躺到第二天拂晓。晨星寥落，东方泛白，他再次出门，来到学校找林森，见他还没来，就到校门口站着静等。时已深秋，晨风冷雾寒气袭人，他却浑然不觉，直站到儿子出现在他的视线里。

第二十四章

　　林国邦想重新找个工作，就去了工厂密布的镇北。在那里转了一圈后，只在一所零食加工厂门口的墙上看见一张破旧的招工告示，上面写明要招收搬运工若干名。林国邦万分欣喜，忙跑到铁门前探听。门卫问他找谁，他回答说是来应聘的，想见经理。门卫警惕的在他身上审视一番后，就打开旁门，将他领去经理办公室。

　　透过门缝，林国邦瞥见经理是个四十多岁的秃头男子，正坐在办公桌前用电脑玩斗地主，声音开得特别大。门卫让林国邦先等一下，自己在门上轻敲了几下。听见经理让他进去他才走了进去，俯身向经理耳语一会，经理抬头向门外瞥了眼林国邦，高声说了句："进来吧！"

　　林国邦忙小步挪进房里，经理没有起身，也没有关掉游戏，只是侧过身笑着说道："听说你是来应聘的？"

　　林国邦点着头回答了一声是。经理又说："抱歉，我们招的工人已经够了。那个告示是几个月前贴的，现在已经过期，也没清理掉……"

　　说着斜了一眼门卫，门卫显得有些慌张。

　　林国邦听到这里已经明白经理的意思了，道了声打扰，转身欲走，却被经理叫住了。他又问林国邦会不会开车，说厂里缺一个运货司机。林国邦红着脸说不会，经理叹口气，将手挥了几下，又转过身接着玩起了游戏。一旁的门卫见此，对林国邦摆摆手，领他出了办公室，把他送到了厂门外，自己过去一手揭掉了那张招工告示。林国邦跟他道了声再见，就快步离开了。

　　阳光明媚，天气晴朗。林国邦回到街上，慢慢走着。这时，一家酒店门前的招工告示再次吸引了他的注意，他上前看了看，上面说要招收三名年龄在十八到二十四岁之间的服务生。虽然他已近四旬，但他还是想去试试，就推开了酒店的玻璃门，找到前台的工作人员说想见经理。那个前台小姐拨响了经理的电话，片刻工夫，西装革履的经理便从楼上走了下来。

　　林国邦主动迎上前去，说自己是来应聘的，经理听后不屑地上下打量了他一番，然后探问他的年龄。林国邦报上自己的真实年龄后，经理想了想，又问他的学历。林国邦不解其故，说自己是初中学历。

　　经理听后笑了笑，说："我还以为你没上过小学呢！原来还是上过初中的高材生，那门口告示上写的字你不认识？"

　　他说完后，那个前台小姐忍不住"噗呲"一声笑了出来，经理瞪她一眼，她忙收住笑，摆出一张严肃脸。林国邦受了羞辱，正准备告辞，那个经理又开口道："抱歉，我们只招收年龄在十八到二十四岁之间的人，你还是到别处看看吧，失陪！"

　　说罢就转身上楼去了。林国邦受此冷遇，脸上一阵青一阵白，悻悻地走出酒店，又回到街上。他有些丧气，低着头往前走，不觉来到一个粮食收购站的门前。那里正停着一辆大货车，几个男人来来往往的向车上搬谷物。

　　林国邦见他们人手紧张，就主动找到正在指挥搬运的店主说想帮一下人手。店主看了看他，觉得他气力还行，就答应了他："好吧！一车七十，搬完后来领钱，不管饭！"

　　林国邦连声应着，脱去外套，卷起秋衣袖筒，开始往车上扛运粮食。

　　谷物包十分沉重，压得他直不起腰，刚扛几袋就已气喘吁吁，汗流浃背，但他强忍着，咬牙将一袋袋谷物往车上扛。转眼已近中午，他和另外几个搬运工终于将货车装满了。货车载满谷物离开后，林国邦去店主那领了七十块工钱，就拿上外套离开了。他从昨晚到现在滴水未进，刚才又做了那么长时间的重活，早已饿得头晕眼花，路也走不稳。他急急地找了家饭店，要了一大碗羊肉汤，一番狼吞虎咽后，体力才稍稍恢复了些，就又为儿子买了半斤水饺，一同付过账，开始往家走。

　　到了家中，林森刚刚放学，他把带回的水饺盛来给林森吃，自己回屋倒头睡着了。林森吃过饭，就上学去了。晚上回来，见林国邦早已把饭做好，就诧异地问他这几天怎么都下班这么早。林国邦吞吞吐吐地说厂里最近没活，林森听后也就不再多问了。以后的几天，林国邦都早出晚归地出门找工作，却一无所得，对这些林森都浑然不知。

《飞花之梦》

又是一天夜里，林森坐在床头，心绪郁结，难以入眠。于是他披上衣服，轻轻地打开房门来到了房顶。房顶冷风阵阵，令他顿生寒意，不禁把双臂抱在怀里。抬头仰望，看到一钩冷月，几点疏星。深蓝的太空赤裸裸地展现在林森眼前，令林森感觉到自己的渺小，人类的渺小，乃至整个世界的渺小。

人的生命有几十年，这看似漫长的几十年与宇宙的演变比起来，却只是落红的一瞥，流星的一瞬。这样想，林森觉得一切都失去了意义，生命不再那么美好，也不再那么充满苦痛。这几十年，无论你怎么过，都是几十年。生活，玄虚而又缥缈的生活……

林森静静地流下眼泪，他举步走到房檐前，张开双臂，合上泪眼。他幻想自己的肋下生出了一对翅膀，带自己扶摇直上九万里，负青天，冲霄汉。可一阵电闪雷鸣之后，自己又开始往下坠落，死在一片血红色的大地上。沧海桑田，昼夜更迭，自己的尸骨被一钵红土掩埋，最终化成一缕尘埃。尘埃被风吹散，落在沧海，成了碧波；落在沙漠，成了黄沙；落在丛林，成了植物吸收的养料；化成绿叶，动物又把绿叶吃掉，自己便成了动物的肉骨……最终，自己散布于世间万物之中，自己是世间万物，世间万物也是自己！

一声叹息，来自心底。林森真想就这样纵身一跃，体验一下死的感觉。这时，一声雁鸣打破了沉寂，林森抬头望去，只见屋后的大树上，一只大雁卧在喜鹊的空巢里。这正是他上次看见的那只。

"你怎么还没飞去南方？现在已经快入冬了，喜鹊的巢是抵挡不了风雪的。"林森低声问那只大雁。

大雁不回答，展开翅膀飞离了巢穴，在空中盘旋几圈后又无力地落回巢里。林森猜想它一定是翅膀受了重伤，再也无力高飞远行了。又一声叹息，不知是谁发出的，或许是林森，或许是那只受伤的大雁，或许是夜空中的那钩冷月抑或是那几点疏星。林森回到屋里，躺在床上，慢慢闭上双眼。

与此同时，在隔壁的房间里，林国邦缓缓睁开双眼。已经五天了，他还是没有找到新工作。还债的日期越来越近，他一点办法也想不出。

145

这时，他瞥了眼窗外的月光，脑海突然闪出了一个名字——老家伙！

"对，就是他！何不去找他试试，这老头虽然心狠手毒，但还是挺讲义气的。可能他的气已经消了，我主动去找他，好好求求他，多说几句好话，说不定他会帮我一次的。"

林国邦这样想着，紧皱的眉宇略有舒展。他决定第二天晚饭前去老家伙家里找他，因为这个时间老家伙基本都在家。

这样决定后，林国邦便合上双眼，慢慢睡着了。对于生活，有时候就是这样，虽然林国邦清楚的知道，老家伙会帮忙的几率很小，但他还是不得不去试试。一件事，你努力去做，可能不会成功，但如果你不去做，那根本不会成功。

次日，天色渐晚，林国邦来到老家伙家门前。他深吸了口气，壮起胆子在门上敲了几下。华婶应着来开了门，一见是林国邦，惊得瞪大了眼睛，张口问道："国邦，咋是你啊？你来做啥？"

林国邦红着脸回答："婶子，我来找侯叔，有急事。他在家吗？"

华婶听后愣了愣，对林国邦说："他就在屋里，你先在这等着，我去替你叫一声。"

林国邦答了声"谢谢"，华婶便转身进了门内。

几分钟后，她出来说："行了，你进去吧！他正在屋里喝酒。"

林国邦听后便随她走进庭院，来到了上屋。

老家伙正独自坐在桌子前饮酒，华婶退出去后，林国邦叫了声"侯叔"，老家伙像没听见般，依旧慢慢地往自己的酒杯中倒酒。林国邦无奈，只好提高嗓门又叫了一声，这次老家伙缓缓地点着头应道："听见啦！"

说罢，从桌子抽屉里拿出一个酒杯，倒满了一杯酒，轻轻端起，面无表情地朝林国邦递去。

林国邦以为老家伙这是要跟他和好的意思，忙上前两手接过。正准备喝下，这时房顶传来一声猫叫。老家伙猛然起身，蹿出门外，冲着房顶的那只野猫喝道："你个畜生，老子把你打走，没几天你又回来了，真是不长记性！赶紧给老子滚，不然老子活煮了你当下酒菜！"

　　说罢回身没看林国邦一眼，直接走进了里屋。林国邦举着那杯酒，脸羞得通红。他清楚老家伙是在指桑骂槐，知道想让老家伙帮忙是不可能的了，就放下未喝的酒，转身出了房门。

　　他正准备回家，却被华婶从厨房里跑出，拦在了大门外。林国邦强装出一脸笑容，问华婶有什么事。

　　华婶瞥了眼内院，把他拉到墙角轻声说："国邦，婶看你也是个老实人，以后别再跟着我家那死老头瞎混了。你们干的事我都知道，也知道他们打了你。说实话，我都觉得老头子太狠了。我劝过他，他不听，不过这样也好，他不让你跟着他，你也离他远点，别耽误了自己。我听说你好赌，以后戒了吧！好好找份工作，好好照顾孩子。婶子这里也没啥给你的，就这三百块钱，你别嫌少，算是我替老头子赔你的医药费。好好拿着，以后别来这儿啦！"

　　说着，她便从衣袋里掏出了一叠五十和二十组成的纸币往林国邦手里塞。林国邦缩着手不肯接，华婶就又劝他："听婶子的话，快拿着，不然婶子这心总放不下，晚上也睡不着觉。你快拿着！"

　　林国邦躲不过，只好接下了，华婶又黄又皱的脸上这才挂起笑容，对他摆摆手，转身回去了。

　　林国邦低头看看手里皱皱巴巴的钱，流下了热泪。但他不敢久待，忙把钱装进衣袋，拭去脸上的泪水，起步欲走，这时，一辆黑色的现代轿车开过来停在他身旁，从车上下来一个又黑又胖的中年男子。男子脸上有道长长的疤，这让他的表情看起来很是凶狠。他瞥了林国邦一眼，就大摇大摆地走进了老家伙家。老家伙混迹多年，黑白两道都有交际，进出他家的人也是龙蛇混杂，三教九流都有。林国邦不认识这个人，也无心去猜他是谁，兀自起步朝家走去。

　　夕阳西下，临近家门，林国邦远远望见家门口站着一个二十多岁的黑衣男子，忙快走几步，想看看是谁。那个男子却也主动迎上他问道："你是林国邦吧？"

　　林国邦点点头，仔细看了看这个男子，却丝毫想不起来在哪见过。他正准备问男子有什么事，男子抢先开口道："我是龙哥派来的，他让我提醒你，还有五天，期限就到了，你最好准备一下，不然到时候他亲自来，会闹得不好看的。"

说罢，他没等林国邦反应就要离开，刚走几步，却又回头道："想起来一件事，龙哥特别提醒的。他说，你要是没钱，拿珠宝古玩也是一样。"

然后他便头也不回的走了。林国邦望着他远去，又望望天边血红的丹霞，叹了口气，就打开家门，给尚未归来的儿子做起了晚饭。等他回来一起吃罢，林国邦刷过碗筷，便回房去了。

第二十五章

夜深人定，林国邦又陷入了难眠。

"咋办？咋办？"他拿水生的这句口头禅不停地问自己。

此刻他正和衣坐在床头，一支接一支地抽着烟。房间里没有开灯，但月光照进来，还是一样的亮。突然，他猛的跳下床，走到柜子前，打开柜门的锁，从里面拿出了一个存折。

存折上有一万多块的存款，是他的亡妻当初存下，给儿子以后上学用的。林国邦想把钱取出来还债，但他看到柜子里亡妻当年在世缝的被子，又忙把存折放了回去，锁上柜门。他曾发过誓，无论如何也不能动用这笔存款，那不仅是对儿子负责，更是对死去的妻子的承诺。

"不能用这笔钱，不能！想别的法子，"他对自己说，"可有啥其他的法子呢？唉，对了，今天那人说，可以拿珠宝古玩抵，他咋知道这个。莫非他知道我跟老家伙的事？算了，不管这个了，现在的关键是还债。珠宝古玩，我哪来的珠宝古玩啊，我又不是老家伙。他盗墓这么多年，藏的东西肯定不少……盗墓，我也可以去盗墓啊，跟了老家伙这么多年，我也多少懂一点阴阳风水了……对！我就偷偷去找大伟和长山，他们受老家伙的气早受够了，肯定也不想继续跟着老家伙干……不叫水生，这小子靠不住，脑子太笨……我明天就去找大伟和长山谈谈，说不定能成，那我们三个就不受老家伙压制了。要是我们也能掘开个古墓，那我们就发了……"

林国邦脑子飞速地转着，越想越兴奋。他决定明天下午把大伟和长山约来自己家里谈一谈，把事谈成。决定好后，他便脱去衣服，轻松地躺到床上，却还是睡不着。他仔细考虑着去挖哪个墓，最终，鹤鸣镇外的那个旧坟跃入他的脑海，他就此定了主意。

第二天下午，阳光和暖，林国邦将大伟和长山约到家里。给他们递过烟、倒过水后，就坐在他们对面。他们都很拘谨，满腹狐疑，猜不出林国邦这葫芦里卖的是什么药。

沉默了许久，长山先开口道："国邦，上次对不住啊！我们也是奉命行事，老家伙那人，你最清楚了，再说，你干那事确实不地道啊！"

他说完后，大伟也接口应道："对啊！国邦，打你是老家伙下的命令，我们不敢不从啊！咱们平日都是兄弟，我们也没下死手。都是水生那小兔崽子，他平日就看不惯你讨老家伙欢心，所以打你时拼了老命，我和长山在一旁看着也急啊！可拦又不敢拦。咋样？你那伤好了没？"

"对啊，国邦，伤咋样了？没留下后遗症吧？要真留下了，你说句话，咱们兄弟现在就去找水生那小子算账！"长山说完，和大伟一起关切地望着林国邦。

林国邦心里冷笑着，脸上却装出一副感激的样子，对两人道："你们说的我都明白，我没事了，伤早好了。咱们关系这么铁，你们咋会对我下手。说起来也是我点背，想多捞点，还被老家伙发现了。我就是不服气，凭啥咱们拼死拼活地干，最后肉都被老家伙一个人独吞了，咱们就剩点骨头渣啃！"

"唉，这都是命啊！谁让咱们没吃肉的本事呢！"长山叹道。

"放屁！自古富贵险中求，谁说咱没有吃肉的本事。我现在就有一块肉，不知道你们两个敢不敢跟我一块吃？"林国邦拿眼斜睨着两人。

两人对视一眼，脸上表情很微妙。

大伟先问道："啥肉？你说说。"

林国邦轻轻一笑，就讲起自己的计划。两人听后又相互看了看，都不开口。

林国邦知道他们下不定决心，就继续诱劝他们道："我可是把你俩当兄弟才找你们的。再说了，你们就真打算这样跟着老家伙干下去，到头都是为别人做嫁衣裳，自己一点好处都得不到。"

两人听了这些话，脸上的表情都有变化，却都低着头不肯先开口。最终，长山先打破沉默说："我们也不愿这样，可老家伙这人还是很有势力的，我怕我们仨干不过他。"

大伟听后也点着头表示赞同。

林国邦说："咱们又不明着跟他干，大不了就干这一次，捞的东西咱们三个平分，大家谁都不说出去，这不就行了。老家伙再精，他会算到是咱仁干的？咋样？干不干？"

说罢林国邦便用热切的目光盯着大伟和长山。

两人又想了想，大伟先爽快的应道："好！干就干！"

林国邦又转向长山。长山看了眼大伟，说道："不是我怕事，主要我这个人吧！遇事先往坏处想，万一咱们被老家伙知道了咋办？他肯定搞咱们，咱们弄不过他啊！"

林国邦听后，脑子一转："怕啥！他老家伙有人，我也有人！"

大伟和长山一听这话，很是讶异，齐声问林国邦哪来的人。

林国邦嘿嘿一笑，问他们道："你们知不知道龙哥？"

大伟听后还在回忆这个名字，长山已经说出来了："珍霞她丈夫？国邦，你咋认识他的？"

林国邦信口胡诌道："你不看看我跟珍霞啥关系。跟龙哥，这么说吧！称兄道弟的。"

大伟道："我也想起来了。龙哥，听说他是个狠角色啊！前些年犯了事，去东北那边混了。怎么？他回来了？"

林国邦说："回来了，前些天刚回来，我还给他接风洗尘来着，灌了他一斤白酒！"

大伟听后，看林国邦的目光都变了，里面多了几分尊敬。

长山却还有些怀疑，问道："国邦，咋以前没听你提过他？"

林国邦回道："咳，你废话，他是犯了事跑出去的，我咋能到处提我跟他熟，那警察不得一天来找我八遍。这不，现在那事解决了，他也回来了，我才敢提的。"

长山听后不再多疑了，决绝的说："好吧，那咱们也不怕他老家伙了，我干！"

林国邦听后激动万分，兴兴地说："那咱们就说定了啊！就去鹤鸣镇外那个墓，明晚九点在镇口桥上会合。大伟，你开你的三轮摩托车。好了，现在时候不早了，都回去准备一下吧！我就不留你们了。"

两人听后答应着起身告辞，相随着出了门。

《飞花之梦》

　　林国邦将他们送走后，脸上笑容可掬，手舞足蹈地去厨房给儿子做晚饭。他现在心里有难以言表的喜悦，坚定不移的认为只要过了明晚，钱就会从天而降。但他高兴的太早了，真是太早了，他不知道生活的形体展现在我们面前的，永远都只是冰山一角，我们无法窥见它的全貌。生活无法预测，就像林森无法预测自己的未来，林国邦也不知道，等待着自己的是怎样的厄运！

　　苍烟落照，晚风萧萧。还有五分钟就放学了，林森坐在教室的角落里，呆呆地盯着窗外。

　　"林森！"

　　班主任叫了一声他的名字。林森听到后，拉回目光，朝讲台上瞥一眼，班主任质问他说："你的作业为什么没有交？"

　　林森不回答，又把目光转出窗外。班主任恼怒道："好！不交作业就罚你值日，一会放学你一个人把教室给我打扫干净！"

　　林森依旧面无表情。班主任正欲发作，这时放学铃声响起，她想了想就忍住了，说了声"下课"，便气咻咻地出了教室。

　　同学们都起身收拾课本，相继离去。林森起身，拿起扫帚，开始做值日，高雨霞还没走，过来问他用不用帮忙。他笑着说不用，让高雨霞赶紧去接豆豆回家吧。高雨霞却没走，又一脸关切地问他最近到底怎么了。

　　林森一愣，望着高雨霞关切的神情，鼻子有些发酸。他想把自己的心事对这个善良的女孩一吐为快，可话到嘴边，终究还是咽了下去。他低下头苦笑着说自己没事，高雨霞见他不愿意说，就叹口气走了。

　　林森一个人慢慢地扫完整个教室，学校里的学生已经所剩无几。他锁好门窗，准备回家。走到校门口时，却见雨蝶掩面哭着从他身旁跑了过去。他正想追上去问问雨蝶发生了什么事，周风扬从后赶来，搂住他的脖子说："哥们，今天怎么走这么晚呢？告诉你，今晚弟兄们一起聚会，你来不来？晚上八点老地方会合，你要来就准时点！"

　　说罢便放开林森，吹着口哨，朝着雨蝶跑走的相反方向扬长而去。林森被他耽搁了这一会，再去看雨蝶时，见她站在另一边的路口，恶狠狠地瞪了自己一眼，就又擦着眼泪，快步跑开了。林森自知追不上她，也就不追了，起步独自往家走，一路上却心烦意乱的。

自从那天清晨林森把雨蝶拦在路上跟她说了那番话后，这些天来，雨蝶对他的态度有了好转，见他也不再躲开了。虽尚未原谅他，可也不像之前那么敌视他了。林森自问这两天没有做什么让她生气的事，但是刚才她……

实在太奇怪了！林森想着这些事，回到家中，和林国邦一同吃过晚饭，就一个人回房了。他在房里闲着无聊，不想看书，也不想写作业，又想到下午周风扬跟他说的话，就骗林国邦说去找朋友玩，起身出了家门。

夜幕低沉，林森来到河边，曹达他们几个早已买了酒食在那玩闹。林森陪他们聊了几句，便拿了瓶啤酒，躲到他们后边，坐着独饮起来，同时还在有一句没一句地听着他们的谈话。

这时，他听见周风扬对曹达他们几个夸夸其谈道："你们谁知道我们班的班花是谁？"

曹达他们报了几个女生的名字，周风扬都连声说不是。众人问他到底是谁，周风扬喝一口酒道："是孟雨蝶！你们不知道，她皮肤那个白啊！肉那个嫩啊！我今天亲手过了把瘾。"

众人听后忙问他做了什么，周风扬浪笑着说："也没什么，就是我今天下午放学去操场上一个人打了会儿篮球，然后又去了趟厕所，出来时教学楼后面已经没人了。我看见路边的树下好像有一块硬币，就想去捡起来，到那一看，原来是个银色小圆片。正准备出来，正巧这时孟雨蝶走来了，她好像是去上厕所。我站在路边的树后，她没看见我，从我那里走了过去。我见四周没人，就偷偷追上去从后面一把抱住她的腰，在她脸上亲了一口，还用手揉了揉她的胸。她吓得大叫一声，挣脱我就跑了，然后我……"

林森听到这时，早已怒不可遏，一个箭步冲上前去，提起酒瓶往周风扬头上用力砸去。一声钝响，酒瓶破碎。周风扬沉沉地叫了一声，便用手捂着满是鲜血的头，滚下了石头。曹达他们几个被这突如其来的一幕惊得目瞪口呆，半晌才回过神来。四个人忙跳下去，抬起周风扬往公路上跑，另几个人合力去拉林森。

林森像发疯了似的奋力挣扎，这几个人也怕受伤，看看抬着周风扬的那几个人已经跑远，就丢下林森，快步跑走了。林森望着他们越来越远的身影，口中呼呼地喘着粗气，精疲力尽地坐到石头上，把剩下的那几瓶啤酒全部喝下去。喝完后，他跳下石头，开始往家走。回到家中，屋子里静悄悄的，林森没有开灯，也没有脱衣服，直接躺到床上拥着被子睡着了。梦里，他又见到了母亲的那张满是慈爱的笑脸，以及雨蝶的那一瞥充满仇恨的目光。

第二十六章

　　第二天，林森来到学校，刚上课没多久，就被班主任带出教室，说贾校长又找他谈话。林森独自来到校长室门前，见贾校长正在里面伏案疾书，就高声喊了句"报告"。贾校长置若罔闻，不加理睬。林森又喊了一声，贾校长依旧毫无反应。林森有点生气，就最后喊了一声，同时用脚在门上重重地踢了一下。贾校长这才停下手中的笔，脸色立刻变作铁青，他强压住心头的怒气说了句"进来"。

　　林森抬脚入内，贾校长没说让他坐下，也没去给他倒水，只是坐在办公椅上转过来瞥他一眼，故作平静的问："昨晚去哪了？"

　　林森知道他说的是什么事，但低着头没回答。贾校长冷笑一下，用冷峻的语调说："好，不说是吧？那你走吧！下午让你爸来一趟学校，替你这个打人的儿子向伤者道歉，赔偿医药费。走吧，上课去吧！"

　　说罢，他又趴在桌子上写起了东西，对林森视若不见。

　　林森孤零零地愣了片刻，只好转身走了出去。回到教室，坐他旁边的一个同学低声问他校长有什么事，他淡淡地回了句没事，就把脸转向窗外发起了呆。

　　中午放学，林森回到家，把事情告诉林国邦。林国邦正在做饭，听后勃然大怒，拿起手中切到一半的萝卜就朝林森扔去。林森急忙躲开，林国邦气得浑身发抖，用手指着林森期期艾艾的说："你……你……你……给我滚！"

　　林森听后呆住了，泪水夺眶而出，一转身跑出了家门。

　　林森一路飞奔，跑出小镇，沿着山路，朝母亲墓地而去。时已深秋，草木凋零，山间一片红黄。梯形田地上，麦苗舒展，青绿盈盈，满目斑斓。林森来到母亲坟茔前，跪到地上失声痛哭，哭累了，便直挺挺躺在麦田里，仰望着天空出神。

　　中午的阳光暖暖地照在身上，凉风轻拂，吹得麦田微波轻伏。林森真想做一个守望者，守望着这片澄澈的天空，守望着母亲的坟墓，守望着这轮温暖的太阳，守望着这绿油油的麦田，守望着这微凉的风，守望着这片净土，守望着这份远离尘嚣的恬静。无论沧海桑田怎样变幻，始终在这片麦田里守望。不要别人来陪他一起，他只想一个人。

林森呆呆地望着天空，湛蓝的天壁上，突然出现一个黑点闪入他的视线，快速移动着向他而来。当黑点掠过他头顶上空时，林森看清那竟是一个巨大的飞碟。那个飞碟旋转着划过苍穹，向西而去，逐渐淡化，直至隐没。林森惊得目瞪口呆，以为是自己眼花看错了，忙拭拭眼角，再去看天空，没有一点飞碟的影子。目光流转，林森再次呆住了，因为他看见明晃晃的太阳上竟出现了一个黑色的缺口，像发生了日食。缺口逐渐变小，慢慢地又恢复完整。林森从地上站起，拍掉衣服上的尘土，快步朝山下走去，一路上连头也不敢回。

午后，林国邦来到学校，在一个学生的指引下找到了校长室，贾校长正在里面和一个三十多岁的妇女交谈。那个妇女穿着蓝色长大衣，脸上画着浓妆，长长的头发染成金黄色，梳到脑后绑成了一个手腕粗细的大辫。林国邦在门上轻轻地敲了几下，贾校长抬头向门口看了一眼，忙站起来请他进去，让他坐下，又问他要不要喝茶。

林国邦忙说不用麻烦，贾校长就给他接了一杯凉水，端过来放到他面前的茶几上，微笑着对他说："你应该就是林森同学的家长吧？"

林国邦惭愧地点了点头，贾校长又指着坐在旁边沙发上的那个妇女说："这就是周风扬同学的家长，今天请你们来，就是为了商谈一下两个孩子之间的事。"

林国邦听后低着头不说话，长发妇女粗声粗气地开口："没啥可谈的，赔！必须赔！老娘不是好说话的，我也不会放过那个小兔崽子！"

听她这样说，贾校长怕林国邦动怒发火，两个人再动起手来，忙劝说长发妇女道："我刚劝了你半天，让你别心急，我们在这心平气和的谈。着急能解决问题吗？赔，是得赔，这你放心，问题在于赔多少，怎样赔？"

林国邦没有生气，他自知理亏，忙表态道："我也同意赔钱，就是不知你家孩子的伤怎样了？"

长发妇女白他一眼，虽然脸上仍是愤恨的表情，但说的话却客气了几分："怎样了？被你儿子打成那样，能好得了吗？何况打哪不好，非得打头，这把脑子打成白痴了，以后可咋办？"

说罢她便抹着干干的眼角嚎啕大哭起来。林国邦顿时手足无措，贾校长怕外面的学生听见，影响不好，忙去把办公室的门关上，回来劝解长发妇女道："行啦行啦，你哭啥？我们这不正解决这事嘛，人家也同意赔钱，你说一下价吧！"

长发妇女听后立即止哭，拿双干涩涩的眼睛盯着林国邦："那好，我们家也不讹你。你看你儿子把我们家风扬打成那样，我们也不问你多要，就三百块。这其中两百块算作医药费，另一百块嘛，就是那个营养费。打成那样，幸好脑子没坏，可得多吃点东西补补，你看这咋样？"

林国邦尚未回答，贾校长在一旁点着头说："嗯，还算公平。"林国邦听他这样说，也不好多说什么，只得低着头说可以，然后便从衣袋里掏出了华婶昨天给他的那三百块钱，全部递给了长发妇女。长发妇女笑眯眯地接过，用手粘着唾液又数了两遍，才心满意足地把钱装进自己的高档钱包，又把钱包放进自己的提包。

贾校长拍着手说："好，这就解决了，多谢两位的支持与配合！"

长发妇女忙摆摆手笑道："哪里哪里，我本来也没想把这事闹大，都是孩子，在一起玩打架很正常。好了好了，没事了，我也该回去了，我家风扬还等我回去照顾呢！"

说罢她便从沙发上站起来，正要出去，却又回身端起她那杯加了茶叶的水，笑了笑说自己渴了。她那杯水还在冒着热气，但她丝毫不觉得烫，一口气喝完，放下杯子，然后才美滋滋地出门去了。

贾校长看着她出去后，回头对林国邦说："林森这孩子很聪明，是块好材料，就是这段时间不知为啥，越来越不像话了。我和老师们都拿他没有办法，我希望你们家长能配合一下我们学校的工作，好好跟孩子沟通沟通，可不能放任不管，那样，这孩子就毁了，知道吗？"

林国邦红着脸说："我会的，一定会的。"

然后就辞别了贾校长，走出学校，独自朝家走去。路过肉食店时，他进去给林森买了两个炸鸡腿。到了家里，看林森还没回来，以为他上学去了，就想着等他下午放学回来再给他吃，于是用一个碗盛了鸡腿。又想到自己晚上要和大伟、长山去鹤鸣镇盗墓，就回房睡起了觉。

正当林国邦躺在床上梦到自己掘开古墓、挖到一大堆金银财宝而兴奋不已时，林森回到了镇上。由于不想上学，他就在街上闲逛。百无聊赖之际，他想到雪雁，就想去雪雁工作的店里找她。正走着，忽听见身后有人叫他的名字，他一个转身，却见一个平头男孩正望着自己。

这个男孩有些面熟，但林森一时想不起来在哪见过他，正迟疑着，那个男孩朝他走了过来。林森等他走近才想起来，他就是跟运文一起出去打工的那个红头发男孩，只不过现在头发全剪了，像换了个人。

两人见面，一番寒暄之后，林森问他怎么会在这里。红头发男孩收起笑容，用哀伤的目光盯着林森反问道："你难道不知道运文的事？"

林森心里一沉，茫然地摇摇头。红头发男孩禁不住叹了口气，林森觉得不妙，忙问他运文怎么了。

他却没立刻回答，对林森说："走，我请你吃饭喝酒，咱们找个地方边喝边说。"

林森自己也没吃饭，就答应了。

两人一起来到一家炒鸡店，要了二楼的一个小间，点了一份炒鸡、几盘凉菜，又要了一箱啤酒。待服务员上完菜，退出去后，红头发男孩先开了两瓶啤酒，递给林森一瓶说："咱们先来喝一口。"

林森接过，和他碰了一下，便仰起头一口气喝完了半瓶。红头发男孩又拿起筷子招呼林森快吃，林森只垫了垫肚子，就放下筷子，焦急地让他快说运文出了什么事。

红头发男孩往自己嘴里塞了块鸡肉，嚼完咽下后才慢慢地说："运文被骗进了黑厂！"

林森一听，脑子顿时炸了。他虽然没有出外打过工，可也常听人说到那些黑厂，那里面大多数从事的都是非法传销什么的，还有一些就是不发工资，让劳工日夜不停的干活，像极了夏衍的《包身工》里描写的那样，且进去后，想出来极其困难，有要拿钱赎的，也有一人顶替一人的。在里面若完不成他们每天布置的工作，那就要遭到毒打，大多数人受不了这种折磨，都纷纷自杀，即使有少数几个被家人救回，也已被摧残的体无完肤，更可怕的是对人精神上的摧残。

"运文怎么会进黑厂？他不是和你去的同一个厂吗？"林森大声质问那个红头发男孩。

男孩带着哭腔回答说："是，我们刚去的时候是在一个厂，可运文嫌在那里工资太少，这时正好有一个人来电话劝他转厂，说自己厂里工资高，活又少。运文一听就心动了，辞了这边，去了那个厂，我咋劝他他都不听，可没想到那竟是一个黑厂。那人骗运文去是为了顶替自己，运文进去后就再也没了消息，直到有一次，那厂里的人让他给我打电话骗我去。运文冒着危险直接告诉我这是个黑厂，然后那边电话就被挂断了。我猜有人在旁边听着，运文一定会被他们打一顿，这才知道他进了黑厂，急忙辞工回来告诉他妈。他妈找了他的一个表舅，一同去广州救他去了，现在也不知道救回来没有。这些天我隔两天就往他家跑一趟，都没人。"

说罢，男孩一口气喝完了一瓶啤酒，不住地擦眼角的泪。

林森看着他，突然起身，红着眼问他那个骗运文进黑厂的人是谁。

红头发男孩又牛饮了一大口酒后回答："是杆子！他在我俩走后不久也去了广州，无意中进了黑厂，为了脱身，就把运文骗去了。"

林森听后怒不可遏，又问杆子家在哪。红头发男孩看出他的心思，轻轻地说："你别去找他了，他从黑厂脱身就没回过家，他家里人都不知道他去哪了。"

林森听后立刻泄了气，缓缓落座，左手握拳在桌上重重捶了一下。红头发男孩在一旁叹气道："生气也没用，咱们有啥办法呢，听天由命吧！经历过运文这事，我也怕了，外面的世界太危险了，我也不愿出去了。幸亏我家还开着一个小店，我就老老实实待在家，跟着我爸妈做生意吧！不出去了。"

林森点点头，举起酒瓶和他碰了一下，两人就咕咚咕咚地喝起来。

第二十七章

　　几瓶酒下肚，醉意来袭，林森趴在桌子上慢慢昏睡了过去。再醒来时，那个红头发男孩已经走了，林森下楼来到柜台，店主说账已付过，林森就走出了饭店。外面已是夜色朦胧，万家灯火，林森沿着华灯初上的街道往家走，路上遇见了高雨霞。林森问她要去哪里，她说去学校上晚自习。

　　林森没听说学校有晚自习，正在困惑，高雨霞给他解释说："你今天下午去哪了？旷课半天，知道吗？今天下午，校长专门给我们初三年级的学生开了个会，说离中考只有七个月的时间了，奋力一搏的时间到了，所以以后晚上要去学校上晚自习，而且下学期还要上早自习。成绩好的是必须去，成绩差的可以不去。晚上从七点半上到九点半，你也得去，我们一起吧！"

　　林森本想说不去，可抵不住高雨霞一番苦求，只好勉强答应了，随她往学校走。

　　林森因为运文的事而心情郁结，高雨霞就不停地说笑话逗他开心。他们一路欢声笑语而来，不想在校门口遇见了雨蝶。雨蝶气愤地看了看他们两人，悻悻地快步跑进校门。林森知道她误会了，想追上去跟她解释，却被不明就里的高雨霞拉着走进教室。自习课上，高雨霞换位置坐到林森旁边，求他给自己讲题，他只好耐心地给她讲起数学和物理。

　　两节自习上完，已是深夜。寒气凛冽，温度骤降。林森回到家中，看见父亲不在，桌上有他留的一张便条，上面写着：小森，爸今晚有事不回来了，你自己锁好家门睡吧。厨房碗柜里给你买了鸡腿，你回来饿了就吃吧，吃完早点睡！林森看完，猜想父亲又出去赌了，无奈地叹息一声，到厨房拿了鸡腿，吃罢就回屋躺在床上，慢慢睡着了。

　　与此同时，林国邦来到镇口的桥上，却连大伟和长山的影子也没见到，又等了一刻钟，他们还是没到。林国邦没带表，猜想时间已经过了九点，他们先到了，等自己不来，就直接去了鹤鸣镇。于是他便扛起铁掀，沿田间小路向鹤鸣镇走去。寒风凛冽，林国邦却走得满头大汗。

当他气喘吁吁地赶到鹤鸣镇外的那个旧墓时，却依然未见大伟和长山的身影。他又以为这两人还没赶到，但他自己不能再等了，还债的期限只剩下三天，就算今晚只有他一个人来，他也要有点收获。他来到墓前，环顾四下，夜色朦胧的平野里万分沉寂，只有刺骨的寒风在不停地吼叫着。

"这么冷的天，谁大晚上会往这野地里跑！"

林国邦这样自语，就拿起铁掀，开始在半人多高的坟丘上挖起来。正干得起劲，忽然背后有一柱光朝他射过来，他心里一惊，忙回头。只见远处的光影中，有两个男子站在路上注视着自己，林国邦以为那是大伟和长山，就喊他们快点过来。那两人却一动未动，突然他们大叫着抓盗墓贼，朝林国邦跑来。林国邦这才明白自己被发现了，吓得丢下手中的铁掀，没命地往相反的方向跑，那两人就在他后面紧追。

寒气泛人肌骨，林国邦却跑得汗流浃背。前方一条小河拦路，他借着昏暗的月光左右看了看，小河上下没有一点桥的影子。身后那两个人还在追着，林国邦无法可施，只好纵身跳进河里。他看小河不宽，以为河水很浅，没想到这河却很深，刚好没到他脖子处。幸好林国邦小时候经常去河滩游泳，尤其擅长潜泳，没想到今日大才得用。他为了躲那两个人，就稍稍潜入水中，无声无息地往河对岸游去。河水流速不快，但还是把他往下游冲去。林国邦索性不再游，让水流裹挟着自己往下走。那两个人追到河边，寻不见他的身影，也没猜到他是潜入了河底，以为他向上游有桥的地方跑了，就一起追去。

隔了好久，林国邦才浮出水面看了看，见两人已踪影难觅，就游到河对岸，抓着岸边的草爬了上去。他全身湿透，寒风一吹，他不禁冷地缩在地上。但他脑子还算清醒，知道自己不能在这里久待，就耐着寒冷站起身，找了条野草丛生的小径，开始往回赶。

为了让身体稍微获得点热量，他挥动沉重的双腿跑了起来。路面崎岖，他又冷又饿，身体感觉被冰冻住一般。穿过一片树林时，他的一只鞋跑掉了，裤子也被树枝划破，腿上被荆棘刺得伤痕累累，血肉模糊。

他力气用尽，实在跑不动了，就慢慢地走。星月暗淡，辨不清方向，他只好凭感觉走。腿上钻心的疼，全身泛骨的冷，但他知道自己不能停下休息，否则很可能再也看不到明天太阳升起。他口中不停的默念着儿子的名字，这能给他动力。

向前，坚持向前，他终于找到了来时的大路。忍耐，不断忍耐，他终于回到了自家的小镇。快到家门口的那段路，他走得最为艰难。他没想到，拿出钥匙打开家门进入屋内这如此容易的事竟然费尽了他全身的最后一点力气，他未来得及叫醒儿子，就昏倒在儿子房间门前。

次日，林森一早醒来，打开房门，看见父亲蜷缩着睡在地上，衣服全然湿透，一只鞋也不知去向，腿上满是伤痕，怎么叫都叫不醒，情况比上次还要严重。林森忙去叫他，幸亏林国邦还有些知觉，醒转过来被林森扶到里屋的床上。林森给他换上干净的内衣后，就出门去叫大夫。还是上次那个大夫，他来后看过林国邦的伤势，没多问什么，开了一些药水，嘱咐林森每天在他腿部的伤口上涂抹三次，又给他输了两瓶生理盐水和葡萄糖，然后就告辞出门了。

林森送他到门口，那个大夫回过头吞吞吐吐的说："这次……的那个……那个药钱，还有上次他病的那回和你病的那回，药钱……都没付过……"

林森听后一阵尴尬，脸红得像个桃子，慢慢的说："我知道了，等我爸醒过来，我问他要了钱就给你送去。"

"那好吧！我先回去了，有事再去叫我。记住，醒后别让他吃太多辛辣的东西。"

大夫说罢便背起药箱离开了。林森看他走远后，就去了一个离自己家较近的同学家，让那个同学帮自己向老师请个假，随后便回到家中，洗了父亲换下来的湿衣服。

中午前后，林国邦慢慢醒来，睁开睡眼看看四周，拉起儿子的手吞声饮泣。林森嫌弃地甩开他，冷冷地说："你最好告诉我出了啥事！"

林国邦听后，擦了擦脸上的泪水，不作回答。

林森点着头说："好好好，你不说是吧？那我以后再也不会多管你的事了！”

随后又向林国邦要钱，说去付医药费。林国邦支支吾吾地说自己身上没钱。林森又问他家里有没有存款。

林国邦起初不回答，林森便不停地逼问他，还用利剑一般的目光狠狠地刺他。林国邦受不了这种目光，埋下头说：“柜子里第三个被子下压着一个存折，上面有一万多块钱，密码是你的生日，你去银行取出来吧！”

林森听后鄙夷地笑笑，拿过钥匙打开柜门，取出存折出了门。只剩下林国邦躺在空洞的房间里，对着窗外温暖的阳光默默地流起眼泪。

林森来到银行，到柜台取出三千块钱，赶到医院付完了债，便到街上给父亲买了一箱牛奶。转眼又过去两天，中午时分，林森正在厨房里做饭，忽然外面有人敲门，林森出去一看，是两个陌生的西装男子。

林森问他们找谁，当头一个体格魁梧的男子和蔼地回答：“我叫王龙，来找你爸，他在吗？”

林森警惕地应道：“他病了，你找他有啥事？跟我说也行。”

男子看了看他的同伴，也就是以前来林森家通知林国邦还债的黑衣男子，笑着说：“英雄自古出少年，好吧！今天让你当家。你爸欠了我两千块的债，说好今天还，我就是来取这笔钱的，这是借据。”

说着将一张借据递给林森。林森一看果然是自己父亲的笔迹，就是不知道那个红手印是不是他的，便对那两人说：“我进去问问，你们在这儿等会。”

然后便进了里屋。林国邦刚睡醒，正坐在床上看一张旧照片，他也听见了外面的敲门声，见林森进来，问他是谁来了。林森一把夺过他手中的照片看了看，见是父亲年轻时和一个陌生女人的合照，心里明白这应该就是父亲当年想娶而未能娶的女子，不禁怒火更旺，对着卧床的父亲生硬地说：“还有谁，来讨债的！你在外面是不是欠了一个叫王龙的两千块赌债？现在人家来家里讨了，你真……”

说到这时，林森咽下了即将脱口而出的那句大逆不道的话，一转身走出房间，拿出两千块钱还给王龙。

　　王龙数也不数，就把钱交给同伴收下，将借据还给林森，笑着说："替我向你爸问好。另外，我跟你爸也是老相识，论起来，你得管我叫叔。我一直在外面乱闯，咱们没见过面，不过我第一眼看见你，就觉得你是个能成大事的人。这样，这一百块你拿着，当叔给你的见面礼。"

　　说着，从自己衣袋里掏出一张百元大钞就往林森手里塞。林森执意不收，王龙执意要给，林森最后没办法，只好收下了。王龙道了声"再会"，就和同伴转身扬长而去。林森回到屋里，对着林国邦，将那张借据和那张照片一齐撕成了碎片，往窗外一撒，摔门而出。

　　又过了几天，林国邦伤势好转，林森就去上学。那是在星期三的下午，放学后，林森快速收拾好课本，准备赶回家去给父亲做饭。

　　走到校门口时，不期而遇地见到了雪雁。林森问她来学校找谁，她笑着说："找你！"

　　林森听后受宠若惊，忙问她找自己什么事。

　　雪雁又低头羞笑了一下，说："那个今晚你有空吗？去我家找我，我有话对你说，你知道我家在哪吧？"

　　林森闭口不提自己晚上要上自习的事，点着头连声说知道。雪雁听后莞尔一笑，说了声"晚上见"，便转身离开了。

　　林森望着她的背影消失在人流里，才转身回家。他不知道，正当他和雪雁说话时，身后不远处，雨蝶正咬牙切齿地注视着他。

　　晚上吃罢晚饭，林森便出了家门，一路来到雪雁家。他怕雪雁的继母在，不敢直接进去，就站在门口喊雪雁的名字，正巧她从家里出来倒垃圾，看见了他笑道："你喊什么，直接进就行了。"

　　林森尴尬地笑笑，说："我怕你后妈在家，给你添麻烦。"

　　"不用怕，她不在啦。她侄子结婚，她去鹤鸣镇了，要到后天才回来。你等我一下，我去倒一下垃圾。"

　　雪雁说罢，快步跑到巷口的垃圾池那里扔掉垃圾，又快步跑回来，拉着林森的手进了家门。

第二十八章

林森环顾四下，门内是一个正方形的院落，当中一条两米宽的水泥路连接着大门和正室。路左面建着一间厨房，厨房前是一口水井，井旁设着一套石头打成的桌凳。路右面是一片菜畦，里面长着绿油油的菠菜和大葱。院子北角植着一棵桃树，有碗口粗细，枝叶尽脱，显得老态龙钟。

他正看着，雪雁在一旁笑道："看什么呢？我家就这么点地方，我们进屋坐吧！"

说罢，转身反锁了家门，带林森进了正室。里面茶几上早已准备了啤酒和菜食，还摆着一个小型蛋糕。

林森问雪雁这是做什么，雪雁低头笑了笑说："没什么，今天是我的生日，我想让你陪我过。就我们两个人，你愿意吗？"

说着，用温情脉脉的目光注视着林森，林森满口回答愿意。

雪雁听后笑得更加甜蜜了，脸上红若飞霞。林森又说："不过，我没有带礼物，我不知道今天是你的生日……"

雪雁摆摆手打断他："你就是最好的礼物，只要你陪我就行了。"

然后拉他坐到沙发上，自己拿蜡烛往蛋糕上插。林森看见茶几下面放着一个打火机，忙拿起来将蜡烛逐根点亮。雪雁双手合十，闭上眼开始许愿，许完后一口气吹灭了蜡烛，切块蛋糕，亲手递给林森。

林森正吃着，雪雁又开了两瓶啤酒，递给他一双筷子，让他尝尝自己炒的菜。林森夹了点菜，放到嘴里嚼了嚼，点着头说："不错嘛！很好吃。"

雪雁听了高兴万分，笑着说："那就好，你多吃点。"

林森说自己在家里吃过晚饭，有点吃不下了。雪雁也不为难他，让他吃点蛋糕，喝点啤酒，自己吃起菜来。两人边喝酒边聊天，聊自己遇到的开心的事，难过的事，最后都醉意朦胧的。

这时，雪雁咽下一口啤酒后说："你知道吗？这是我从小到大过得最开心的一次生日，因为有人陪我，跟我聊天。"

林森笑了笑，反问她："难道你爸妈就没陪你过过开心的生日？"

雪雁听后，愣了片刻，像是在努力回想，最后肯定的说："没有，一次都没有！以前还好，自从三年前我妈死了，我就没有经历过开心的事了。"

林森不知道该说什么，就默默喝起啤酒。雪雁抱着酒瓶接着说道："我至今还忘不掉那天的情况，有时候在梦里还会梦到……"

林森看着她那满是哀怨的眼睛，轻轻地说："能跟我讲讲吗？"

雪雁苦笑一声，凄惨地说："当然啦，你想听，我就说给你听。"

"那是在三年前的冬天，我记得那年冬天特别冷，我们村外河里的冰冻得有一尺厚。我妈那几天病得很严重，我爸一直在家照顾她。我那时候小，也不知道我妈那是什么病，就听人说是生我的时候害下的，一直没治，就越拖越严重了。那天还下着雪，雪非常大。下午第二节课是数学课，老师坐在讲台上批改作业，让我们做书后的练习题。这时教室外面来了个人，因为窗玻璃上都是水汽，谁也看不清那人是谁。那人敲了敲教室门，数学老师便起身出去，几分钟后又回来了，一脸肃穆，直接走到我跟前，敲敲我的桌子，示意我跟她出去。我不晓得发生了什么事，心里七上八下地从座位上站起来，随她到教室外。她转身对我说：'雪雁，刚刚主任来找我说，医院给学校办公室打电话了，是你爸让打的，说你妈病得很严重，被送去医院，你快去看看吧！'我听后来不及多想多问，就撒腿往校外跑。街上人很少，路面的雪被踩化了，结成了冰，滑得很。我一路上摔了很多次，才跑到医院。到了那里，我才想起来，忘了问老师我妈在哪间病房，幸好我们那里的医院不大，就只两层楼，二十多间病房。我就一间间找，可推开门看见的都是一张张不认识的脸。找完了一楼的所有病房，还是没有找到，于是我急忙跑到二楼，刚上去，就听见里面楼道里传来一声哭喊。我听出那是我爸的声音，就跑了过去。远远看见，在楼道尽头的手术室门前，站着一个身穿手术服的医生，在他脚下，我爸靠墙瘫坐在地上，哭得像个孩子……"

雪雁说到这时停下了，用手拭去眼角渗出的泪水，仰头喝了一口啤酒，又转向林森说："我在她死前没有见她最后一面，你呢？还记得你妈那时的样子吗？"

林森惨笑一下说："怎么会不记得，永生难忘，你想听吗？"

雪雁点点头。林森一口气喝完半瓶啤酒，用打火机重新点燃了从蛋糕上拔下来的蜡烛，用手持着，目光一动不动地盯着跃动的火焰，开口讲道："十年前的秋天，我那时只有五岁，我爸一直在北京打工，只有每年过年时才会回来几天。所以我对他的感情很淡，甚至连他具体长什么样子都不清楚。不过他对我还不错，每次回来都给我带好多吃的、玩的，但他对我妈却很冷淡。我那时候小，不了解他们之间的事，只是有时候无意中听到邻居们说的闲话，说他们感情不好。好像当初是我爸不喜欢我妈，喜欢另一个女的，但我爷爷奶奶看不上那个女的，就逼迫我爸娶了我妈。他们婚后不久，我爸就到北京去了，那时一年还回来好几趟，可在我两岁那年，我爷爷奶奶相继去世后，我爸就彻底不回来了，一年只回来那么几天。没办法，我妈就独自在家里照顾我。

"对于那时候的我来说，生活中只有我妈就足够了，我也差不多忘记了自己还有个爸。可在那年秋天，我妈却离开了我……那年秋天来得很晚，都到十一国庆节了，天气还是很热，有时还会出现雷雨天。就是在一个大雨滂沱的夜里，那时我妈已经卧病在床好几天了，她以为还是以前那种小打小闹的病，不会有什么大碍，就没去医院，一直在家里休息。那天夜里雨势太大，风也大，不知把哪里的电线刮断了，我们家那里都停电了。我妈房间里黑漆漆的，真的伸手不见五指。她躺在床上，我害怕打雷，就一直守在她的床边，一动也不敢动。我还记得，那晚我妈咳得很厉害，虽然以前她也经常不停地咳嗽，但都没那晚那么厉害。屋后雨声震天，我妈这时抚摸着我的头说：'乖，怕不怕？要不，点一根蜡烛吧！那样就不黑了。'我点头说好，我妈就让我去外面客厅桌子左边的抽屉里拿蜡烛和火柴。我说怕黑不敢去，我妈就让我在心里默念阿尼陀佛，那样就不怕了。我那时候傻，心里真的默念着这四个字，摸索着去找到蜡烛和火柴。我用火柴点亮了蜡烛，手捧着回到我妈床前，把桌子上我的作业本拿开，把蜡烛立在那里。烛火虽然只有一点，房间里却亮了很多。我看见我妈斜躺在床头，脸色苍白，好像老了许多。我问她病好了没，她轻轻一笑，把我揽入怀里说：'妈没事，妈明天就好了，你去把窗户开一条缝，屋子里太闷了。'我照她的话去开了窗户，这时风吹进来，她又剧烈地咳嗽起来，我感觉她都要把肺咳出来了。她边咳嗽边喘息，好像有人掐住了她的脖子。我急得哭了，问她怎么了。她用手指着隔壁边咳嗽边说：'快快……快去找……陈姨……快去！'我听后止住哭声，也忘记了害怕，撒腿就往外跑，过客厅时腿在桌子角上撞了一下，但我丝毫没觉得疼。陈姨是我家邻居，年过半百，心地善良，我爸妈管她叫陈姨，我其实得管她叫奶奶。我当时冒雨冲出家门，到了她家门前，边敲门边喊叫。一分多钟后，里面才传出了她的声音：'小森，是不是你？'我哭着说：'是我，是我……'她打开门问我出了什么事，这么晚来叫门。我抹了把脸上的雨水，慌得连话都说不全：'我妈她……她不停地咳嗽……停不住……'陈姨没等我把话说完，就什么都明白了，撇下我，跑进我家。我紧随其后，但没追上她。我家门前的台阶是斜坡式的，下雨后有点滑，我一不小心就摔了一跤，但我顾不得这些了，急忙从地上爬起来，钻进门里。那时雨好像下得更大了，空中还传来阵阵雷声。就在我跑过客厅，刚踏进我妈房间那一刻，屋后狂风骤起，从开着的窗口灌进来，蜡烛瞬间就被吹灭了，房间立刻沉入黑暗。我停下脚步，呆呆地站在门口，眼前什么也看不见。这时一道闪电撕破夜空，闪光透过窗户，射进了屋里，借着这转瞬即逝的光，我看见陈姨背对着我，站在我妈床前，身体一动不动，像一尊雕像。而我妈斜躺在床头，头歪着，像睡着了，脸色白若一张纸。我轻声问陈姨，我妈是不是睡了，她不回答，又站了一会儿，突然转身抱住我，将我带到隔壁房间，又回去点亮蜡烛，拿过来立在我的桌子上，帮我脱下快要被雨彻底浸湿的衣服，将毯子展开，盖在我身上，抚摸着我的头说：'小森，你是个乖孩子，所以一定要听话，你妈她病了，现在睡着了，你别去打扰他，我现在要去给她找医生，你自己赶紧睡觉，懂不懂？'我点点头，她就吹灭蜡烛，转身出了房门，留我一个人躺在黑乎乎的屋里。窗外的雨声像是催眠曲，我当时特别困，很快就睡了过去……"

　　林森说到这时停下来，喝了一口啤酒，旁边雪雁听得入了迷，盯着他问："那后来呢？你是什么时候知道你妈死了的呢？"

　　林森没有责怪她的直白，苦笑着看她一眼，接着讲道："第二天早上，我慢慢醒来，却发现自己躺在一张放平的躺椅上。我看了看周围，认出那是陈姨老伴邓谷诗老人的书房。虽然我那时脑袋晕晕沉沉的，但我还清楚地记得，昨晚我是睡在自己家里的，怎么现在就到了陈姨家里呢？正当我疑惑之际，邓谷诗老人从外面推门而入，他见我已经睡醒，脸上强装出笑容说：'这么早就醒了，我去给你拿早饭进来，你就在这儿吃。'然后他就要转身出去，我忙喊住他说：'我想回家找我妈，她的病怎样了？'他听后一阵紧张，又忙摆出笑脸说：'小森，你妈病得很严重，需要休息，你回去会打扰到她的。所以我和你奶奶决定让你这两天就住在我们家里，你奶奶会去照顾你妈的，你要听话，我现在去给你端早饭，你吃完后，可以在这里读点新书，练练字。'他说完后就出去了，我吃过他端来的早饭，自己去书架上拿了一本没读过的书读。我至今还记得，那天读的书就是《尼尔斯骑鹅历险记》。就这样，我在书房里待了一天，其间也没有觉得哪里不对劲，只是听见外面有些吵，但我也没有去管它。我从小被邓谷诗老人训练的就是两耳不闻窗外事，一心只读圣贤书。他教我读书要一心一意，我自己也喜欢那个少年骑鹅冒险的故事，就一直认真地读，有时候遇见生僻字还自己查字典，根本没想到外面的人是在邓谷诗老人和陈姨的安排下，在给我妈安排后事。唯一让我意外的是，那天傍晚，我爸突然从北京回来了。当时我刚吃过晚饭，正坐在书房里看那本小说的最后几章，邓谷诗老人从外面进来说：'小森，你爸回来了，一会儿就来看你。'我将信将疑，脑子里却在回忆去年过年时我爸回来后的样子。过了一会儿，我爸真从外面走进来，他一脸悲苦，眼角挂着泪痕，过来一把把我揽入怀里，什么也没说，就开始低声抽咽起来。我当时就呆住了，心里又惊又怕，我从来没见过我爸哭，直觉告诉我一定是出了什么事。这时，陈姨从外面进来让我爸跟她出去说几句话，我爸放开我，跟她去了，我则被邓谷诗老人安排继续待在书房读完那本书。我一目十行地匆匆看完那本书，因为我完全看不进去，想听听他们在说什么事，是不是关于我妈的。那时候，我觉得我爸肯定是因为我妈的病才回来的，我竟然天真地以为我爸回来了，我妈很快就会好了。我轻轻放下书，悄悄走到门口，无声无息地打开一条细窄的门缝向外张望。我看见陈姨家的客厅里，我爸和陈姨都站着，邓谷诗老人则坐在沙发上。陈姨递给我爸一张纸条，那纸条像是从我作业本上撕下来的。陈姨说那是我妈交给我爸的，让他好好看看。我爸看完后就蹲在地上抱头痛哭起来。陈姨在一旁指着他骂道：'你啊你，哭有啥用，现在知道后悔了，那早干啥去了？你去北京这么多年，啥事都留给她。她这么年纪轻轻的就得了支气管炎，累得一身病，你在外面倒好。听说还跟那女的又联系上了？你啊你，她现在死了，我看你咋面对小森……' 我听到这里，眼前一阵发黑。'她死了？是谁？不会是我妈吧？我妈死了？死了？'我边摇头，边低声重复着这些话，突然，我猛的推开门，一声声嘶力竭地哭喊，吓得外面三个人一齐向我看来……"

第二十九章

　　林森讲完了，却已泪流满面。雪雁靠近他，在他肩膀上轻拍几下，靠在他怀里说："不要伤心，至少我们都还有一个爸，他会对我们好，我们……"

　　雪雁说到这时，林森大声打断她道："我恨我爸！"

　　雪雁听后愣住了，盯着他问："为什么？"

　　林森流着泪说："是他害死了我妈，我一辈子都不会原谅他！"

　　雪雁陷入了沉默，过了一会，她又拿起一瓶啤酒，对林森说："不要提这些伤心事了，今天我生日，我们都要开开心心的。来，喝酒！"

　　说罢，她便扬起头喝了一大口，林森也大口大口地喝着。喝完后，雪雁看着林森，却突然笑了起来。

　　林森问她笑什么，雪雁说："刚才听你讲你的事，感觉你就像在念书。我相信，你以后一定能成为大作家的。"

　　林森听后只笑了笑，没说什么，继续往嘴里灌酒。

　　不大工夫后，两人都醉得昏昏沉沉。雪雁对林森说："你喝醉了，怎么回家？要不今晚就陪我吧？睡沙发上，反正我家也没人。"

　　林森听后开玩笑道："你就不怕引狼入室？"

　　雪雁转过身，用手勾住他的脖子，醉意朦胧地盯着他说："不怕，你不会的，我相信！"

　　林森呆住了，想起自己曾经想强奸雨蝶的事，不禁自嘲地笑起来，不停地往自己嘴里倒酒。

　　雪雁放开他，起身坐到他的腿上，把身体靠在他怀里，柔柔地叫了一声他的名字。林森顿时觉得热血上涌，欲火从体内燃起，心跳猛然加快，全身汗津津的。雪雁却靠得更紧了，星眼朦胧地说："我告诉你一件事，我想去南京找我爸。我已经偷偷的存了一点钱，我在这儿真的受够了……呜呜呜……"

　　说着，她就低声啜泣起来。林森茫然无措，只好轻轻地抱住她。

雪雁慢慢止住哭声，满目柔波，深情地说："我很庆幸自己认识了你，在这个我感觉根本不属于我的地方。我想飞走，你就是我暂时可以歇脚的巢……"

说罢，她一下就把林森扑倒在沙发上，身体紧紧地压着他。林森被撩拨的欲火难耐，但他极力克制自己。这时雪雁把手放到他的大腿上，摸了几下后就开始解他的皮带。林森脑子里突然涌现出雨蝶泪流满面的样子，心里一惊，一把推开雪雁，起身跑到了屋外。

外面夜寒逼人，冷风料峭。林森静静地站在月光满地的院子里，仰望着星辰稀疏的苍穹，觉得神清气爽，欲火顿灭。又用冰冷的井水洗去了身上的燥热后，他才转身回屋。雪雁不在，透过门缝可以看见里屋的灯亮了。

林森走上前去，在门上轻轻地敲了几下。雪雁在里面淡淡地应道："我困了，先睡了，你也早点睡吧！就睡外面的沙发上，枕头和被子，我都拿给你了。"

林森听后轻轻地叹了口气，关掉外厅的灯，坐到沙发上，望着从窗户射进屋里的几缕月光发了会呆，又把剩下的两瓶啤酒灌了下去，然后就躺下身子，拉过薄被盖住身体，任凭醉意把自己拉入梦的牢笼。

第二天清晨，林森酒醒之后，看见自己的鞋子已经被脱掉了，便猜想是雪雁在自己睡着后出来帮忙脱掉的。其实，雪雁在他睡着后，的确曾从里屋出来，但她却是一丝不挂的。月光照着她那裸露的玉体，像雪域高原上绽放的雪莲。雪雁脱去他的鞋子，又蹲下身子在他脸上吻了一下，就回屋去了。这些林森都不知道，他早上起身后，穿上鞋子，先去厕所撒了个尿，又洗了把脸，见雪雁还没醒，就没有打扰她，偷偷地出了她家门。临走时用桌上的纸笔给她留了张便条，上面写着：谢谢你的招待，祝你生日快乐，还有什么，我忘了，只想说，对不起。

外面旭日初升，其他人家大门还没打开，所以也没人看见林森从雪雁家里出来。林森快步回到家里，做好早饭，叫醒父亲起来吃，自己没顾得上吃，便上学去了。

转眼又到下午，放学铃声响后，林森又做了几道数学题，等同学们都走得差不多了，他才收拾完毕，准备出教室，正好被跑来找他的小布堵在门里。两人就站在教室进门处一里一外说话。小布手里拿着一封邮件，兴高采烈地对林森说："林森，你看这是啥。我放学刚收到的，赶紧拿来让你看，我们寄去的小说终于有回信了。"

林森听后，看着他愣了片刻，才想起自己和他打赌往《少年文艺》投稿的事，就问他有什么回信，小布将邮件递给林森："你自己看！"

林森接过拆开，看见里面是一本最新一期的杂志，还有一封信。林森拿出杂志，还没来得及看一眼，就被小布抢过去翻开一页指给他看。林森一看，顿时明白小布高兴的原因了，上面刊载的那篇小说正是小布写的，心里顿时一阵灰心丧气，又问自己的那篇怎样了。

小布得意洋洋地说："你那篇啊，被淘汰了。人家这封信上说了，我们寄去的另一篇写的跟人家需要的小说不符合，所以就没采用，但人家不寄回的，希望你自己留了底稿。怎样？我就说你写的不行，没人会喜欢看。我写的就不一样了，神鬼玄幻，高深莫测，动人心弦，引人入胜。再加上绝佳的文笔，行云流水的文风，好好学习一下吧！这本杂志送你了，人家给我寄了好几本呢，还说过些天会给我寄稿酬，我到时会请你吃饭的！"

林森听后怒不可遏，心中大骂编辑们有眼无珠。

一旁小布看他面色通红，更加得意非凡，故意挖苦他说："读再多书也是没用的，写作这个事还得看天赋。我一本书都没读过，也不知道什么修辞，但写出来的东西就是有人看，以后你也谦虚点，别写那些什么正统文学、纯文学了，没人看。拜我为师，跟我学如何这种小说吧！怎么样？"

林森冷冷的应道："跟你学写神魔玄幻校园恋爱的黄色小说么？我学不会！"

小布听后，脸色变作铁青，瞪着林森说："你说话最好客气点！不管咋说，我们打赌也是你输了！"

说罢，一把从林森手中夺过那本杂志，正要再开口，这时雨蝶低着头从她的教室走出来，手里捧着另一本同样的《少年文艺》在读，抬头看见小布，就边往这里走，边激动地嚷道："小布，小布，你写的太好了，以前都没读过，你写的这么好！"

走近后，看见林森站在教室门里，脸上的笑容瞬间就消失了，换上一脸的鄙夷与不屑，故意不看林森说："小布，我们一起走吧！刚看完你的大作，我不想看见一些讨厌的东西！"

小布回道："好的，我也不想跟某些自大狂待在一起，我们走！"

说罢就和雨蝶一起离开了。林森望着他们有说有笑地走出校门，泪水夺眶而出。

"都走吧！老子也不想看见你们！"

他在心里狠狠地骂道，擦干眼泪，也出了校门。

几天后，又是下午放学，林森走在街上，撞见一个中年胖男人正在追打一个瘦老头，老头被打的头破血流，正慌不择路地四处逃窜。路人纷纷躲避，林森躲闪不及，和他撞了一个满怀，两人都倒在地上。老头正准备爬起来接着跑，却被从后赶来的胖子给按在地上，又打了几拳。老头可怜兮兮地讨饶，胖子却不理会，依旧拳打脚踢，口中厉声喝道："敢卖给老子假货，你也不打听打听老子是谁！你这只老猴子，就算你是孙悟空，老子还是如来佛呢！"

林森在一旁看着他们，注意到那个胖子脸上有道疤，面相看起来就像是穷凶极恶之人，他忙从地上爬起来，头也不回地走开了。

家里，林国邦正在厨房里哼着歌炒菜，见林森进门，忙对他一摆头说："快去屋里看看谁回来了！"

林森怀着疑问，进了房门，见沙发上端坐着一个花发老人，正在喝茶。他盯着这个老人愣了几秒钟，心里猛的一颤，以为自己看错了，忙揉揉眼睛再去确认。这时那个老人抬头看见了他，放下茶杯含着笑说："怎么？连我也不认识了？"

林森听后泪水飞出，一挺身扑到老人怀里。老人也紧紧地抱住他，抚慰他说："傻小子，别哭啦！哭啥哭，我当初咋教你的？叫男儿有泪不轻弹！"

林森这才止住哭声，老人笑着帮他擦干了泪。

《飞花之梦》

林森问老人怎么会突然回来，老人抚摸着他的头说："我报了一个老年旅行团，团里组织我们去龙门石窟游览。我去过那里，就跟人家说我不去了，一个人来老家看看，明天上午就得赶回洛阳跟人家会合。"

林森又问陈姨怎么没跟他一起。老人笑着回答："你哥嫂又添了个儿子，她在家里忙着照顾呢！我这性格哪受得了那一大一小两个孙子的哭闹声，就出来旅游了。你奶奶对此还大力支持，说我在家里一点忙也帮不上，还净添乱，比两个孩子还难伺候。"

林森听后也笑起来，又问老人在那边过得怎么样，生活习不习惯。老人说："那边挺好，就是住的房子有点挤。那边空气好点，离海近，天天有鱼吃，但夏天也经常刮台风。我从来没见过那么厉害的风，能把树都刮倒！"

说起住，林森问老人晚上住哪，老人说："今晚我就住你家，你爸刚刚把那间侧屋打扫过了，我晚上就睡那儿，我们还可以谈谈心……"

正说着，林国邦已将饭菜端了进来，招呼他们吃饭。

三个人一同谈笑着吃罢饭，老人便独自出门去了几个老朋友家，林森也到学校上晚自习去了。再回来时已是晚上十点，林国邦已经睡着，老人也已经回来了。林森回房间拿着当初老人赠给他的那本《红楼梦》和那支毛笔，来到老人住的那间侧屋，在门上敲了敲。

老人还没睡，招呼林森过去坐在他的床头。老人先开口问林森这两年过得如何，林森失落的回答说："就那样吧！不然还能怎样？"

老人又说："我听你爸说，你最近学坏了，在学校不好好学习，跟校长老师顶撞，经常旷课，有时彻夜不归，还打架，这是真的吗？"

林森听后苦笑起来，摇着头回答："没意义，我现在感觉一切都没任何意义，什么都没意义……"

听他说完这些话，老人诧异地望着他，目瞪口呆。林森又说："你说学习有什么意义，考上高中有什么意义！寒窗苦读十多年，都只是为了考试中那几个用红笔写出来的数字，那几个数字能决定我的人生吗？分出了高贵和低贱吗？我一个朋友的哥哥，在县一高上学，压力太大，脑子学傻了，现在成了痴呆……"

他说着眼泪就流了下来。老人在一旁静静地听着，良久之后淡淡的问了一句："那你的梦想呢？你的文学梦呢？"

林森的苦笑变成了冷笑，他回答说："梦想？痴想罢了，我现在才明白，梦想都是自欺欺人的东西，傻瓜才信。我的文学梦？它也就是个梦而已，既然是梦，现实中是不会存在的……"

老人听后面如土色，焦急地说："你这些想法太可怕了，那你以后打算怎么办？"

林森回答："怎么办？走一步看一步吧！天要亡我，我改变不了，只能接受。天不亡我，那总会给我一条生路的，听天由命吧……"

说着竖起食指，指了指屋顶，同时抬头冷笑着盯着上面。

老人再次目瞪口呆，过了片刻，才叹口气说："小森，两年不见，你怎么变化这么大？说出的话太吓人了！"

林森听后，把目光从房顶收回来，他的眼角有些湿润了，但他的语气却干涩涩的："变化？我并没有啥变化，只不过看透了一些事而已，现在的我，就希望找个深山老林隐居下来，平平静静地过一辈子，离这个'脏、吵、乱'的世界越远越好，我不想……"

林森说到这里，却被老人迅声打断："够了！我当初那样培养你，没想到你现在变得如此……如此……"

老人一时词穷，不知道该说哪个词，断断续续了许久才说出来一个词："堕落！"

林森失望地摇摇头，冷冷地说："我谢谢你的培养，可我觉得自己不需要，如果能回到当初，我宁愿做个贪玩的孩子，不让你培养我，教我识字看书。我感觉我现在好累，被那些看过的书里的东西压得好累，有些……生不如死……"

老人愣住了，目光黯然失神，身体一松，靠在墙上。

"这个，我想我不需要了，还给你吧……"林森说着把那本《红楼梦》和那支毛笔放到老人床边，起身朝门口走去。这时老人在他身后最后挽留道："苦海无边，回头是岸，小森……"

林森没有回头，在门口驻足，轻轻地问道："苦海既然无边，又哪里来的岸？”

　　老人听后一阵沉默。林森抹了抹干涩的眼角，举步出门，回自己房间去了。

第三十章

那一晚，林森睡得很香，老人却彻夜未眠。第二天一早，林森起床后没有吃早饭，就直接去了学校，好像在躲着什么人。他中午放学回来时，老人已经离去，林国邦把那本《红楼梦》交给他说："你邓爷爷临走时让我交给你的，还说毛笔他带走了，让你好好保存这本书。"

林森无声地接过翻开书页，见扉页上面多了几行字。他看完后，含着泪合上了书，缓缓进了房里。那几行字深深地刻在他的脑海，也刻在了他的灵魂上：

一念起，
天涯咫尺，
一念灭，
咫尺天涯。
苦海的岸不在海里，
而在你的心里。

又过了几天，星期五下午，两节课上罢，初一初二的学生都纷纷离校，兴高采烈地回家过周末去了，初三的学生却被强行留在教室补课。两节数学补完，已是傍晚时分，林森动身回家，刚走到校门口，就见雪雁独自站在路旁往出来的人流中张望。雪雁剪了短发，换了一件单薄的白色外套。

此时已是初冬天气，她却穿得如此清凉，林森不禁暗暗诧异，快步走到她跟前，笑着问她："你这次不会还是在等我吧？"

雪雁笑盈盈地回答："对啊！就是等你。"

林森问："等我干嘛，陪你喝酒？"

雪雁说："不是啦，让你陪我走走，让你陪我谈谈心。"

林森问："现在？"

雪雁笑着点了点头。林森又问去哪。雪雁看了看四周，说："就在巷子里走走吧！"

林森应了声"也好"，就随她转进学校周围的一条人少的小巷。

日薄西山，红霞遍天，小镇沉浸在一片夕光中，极富诗情画意。两人徐徐而行，谈笑着走过一条条街巷，无意中走到雨蝶家附近的那个破祠堂前。雪雁对林森说："咱们进去看看吧！里面没人，说话方便。"

林森点头赞成，便和她一同翻过坍塌的围墙，进了里院。

伫立阶前，但觉金风夹冷，玉露生凉。仰天而望，雁字横空，寂寥冰寒，静锁一天秋色。环顾四下，满目残石瓦砾，蛰声喧草，苍苔点点，夕光掩映，更觉凄冷。

林森看了眼雪雁，说："你找我，不会就只为让我陪你散步吧？"

雪雁沉默了片刻，轻声回答："当然不是，我……想送你一件礼物……你要不要？"

林森回答说要，雪雁说："要就闭上眼，我不让你睁开不许睁。"

林森笑着说声好，就闭了双眼，但没有完全闭紧，想偷偷看雪雁要送他什么。谁料雪雁牵起他的左手，在他手臂上狠狠地咬了一口，林森疼痛难耐，忙睁开眼大叫着甩开手，问她干嘛。雪雁笑若芙蓉道："谁让你睁眼的？"

林森没好气地瞪了她一眼，忙查看伤口，见左臂上已是血迹斑斑，红肿一片。

林森痛惜伤处，这时雪雁又拉起他的左臂，从衣袋里掏出纸巾在伤口上轻轻擦拭，边吹抚他的伤口边说："想要礼物哪有那么简单，你要付出点代价的！我告诉你，你再偷看，我就咬得更狠。只有当我让你睁眼时，你才能睁眼，中间不管你听见什么，都不能睁眼！"

然后她又让林森闭上双眼。林森照办了，这次他没有偷看，只是感觉自己的脖子上被雪雁系上了一根丝线，然后听见一串轻微的脚步声远去，周围就失去了动静。

耳边静悄悄的，林森等了好久，还是没听到什么声音。他问雪雁自己是否可以睁开眼，却没有得到回应。他以为雪雁是在跟他闹着玩，就又等了两分钟，却还是没得到她的回复。他伸出手在周围摸索，却什么也没摸到。他忍不住了，偷偷睁开眼向外瞥了一眼，一个人影都没有。他又睁大双眼四下查看，雪雁真的不在了。他再低头去看雪雁给自己的东西，是一根红绳，绳上坠着一个戒指，戒指内侧刻着三个字——勿忘我。他看过戒指，正要转身去找雪雁，却见自己身后的地下放着一个信封。他忙捡起来拆开，里面是一页信纸，上面写着：

我走了……

不用去找我。我去车站了。我想我爸，我要去南京找他。我们这里的车站正好有一辆发往南京的大巴车，是运送一批去南京打工的人的，我跟那个司机说过，他给我留了一个座位。我没有告诉那个女人，我用自己的钱买了车票。下午我已经把行李偷偷拿到车站，让那里看门的老爷爷帮我看着，然后才去找你。对不起，这个地方我真的待不下去了，我临走前就想见你一面，那个戒指送给你。

你曾经问我怎么会唱那首关于樱花的歌，其实那是我小时候，一个流浪汉教我的，他给我糖吃，说只要我学会唱那首歌，他就送我一个礼物。我学会了那首歌，他真的送了我礼物，就是那枚戒指。戒指里面刻了三个字，正是我最后想对你说的——勿忘我。

林森看完这些话后，无暇思索便跑出祠堂，朝车站奔去。他从车站后门进去，看见里面一辆车也没有，只有几个陌生的候车乘客。他仔细看了看那些人，没有一个是雪雁。这时他听见车站外面传来一声车鸣，急忙跑到车站正门那里。只见笔直的街道上一辆大巴车正往南方驶去，车后玻璃窗上贴着一张巨大的白色标签，上面赫然两个红色大字：南京。林森流下了眼泪，用手捏着脖子上挂的戒指，又看了眼里面刻着的那三个字。

"你放心，我永远不会忘了你……"

他对着那辆越来越远的大巴车说道，却已泣不成声。

第二天，一大早天空便陡然阴沉下来，黄云遮天，冷风呼啸。到了傍晚，竟纷纷扬扬卷下一天大雪来。林森吃罢晚饭，来到房顶看雪，却见屋后树上的那只残雁从喜鹊巢中挥翅飞起，弱弱地在空中盘旋不已。看到这个，林森不禁想起了雪雁，他觉得这是个好兆头，说明雪雁也会展翅高飞，离开这个伤心的地方。

一夜过后，大地银装素裹，林森再去房顶看那只大雁，却见巢穴已空，大雁已经不见踪影。他以为那只大雁飞走了，心里更加高兴，就美滋滋地回房去了。其实他应该多朝树下看一眼的，夜里，那只残雁已经落到地上冻饿而死了。尸体一半露在外面，一半埋在雪里。

大雪过后，天气逐渐和暖。一天晚上，同学们正在教室里上自习，班主任突然从外进来，上讲台翻找一番后，问大家谁见她的教案了。同学们都答说没看见，林森正要从桌斗里拿另一本练习册，却看见一本教案就夹在自己的数学书里，他也不知道这本教案是哪来的，见班主任正要出去，他不及细想，忙叫住班主任，说教案在自己这里。

班主任走过来，接过教案，没好气的问："你没事拿老师的教案干嘛？"

林森说："我没拿。"

班主任听后一脸不快道："没拿，怎么会在你这儿？"

林森说自己也不知道，可能是别人捉弄他，放他这里的。班主任听后怒形于色，大声质问林森，谁会这么无聊，要捉弄他。林森又说了一句不知道，还说也许那人不是想捉弄自己，而是要捉弄老师。班主任顿时怒不可遏，指着门外喝道："你给我出去！"

林森也针锋相对的问她凭什么让自己出去。班主任勃然大怒，疾言厉色地让他滚出教室。

林森也受不了了，深吸一口气，起身离座，在同学们惊诧的目光中拂袖而去。

林森走出校门，来到街上，怒气还是没有散去。他摸了摸口袋，知道自己有几块钱，就进了一个小商店，买了一瓶最劣质的白酒，走出来坐在路边独自喝着。他以前几乎没有喝过白酒，这是他第一次喝，喉咙火辣辣的，身体里面像要着火。他没觉得白酒有多好喝，他只是想快点喝醉，忘掉刚才的不快。

白酒瓶子很小，林森喝了几口就喝完了，夜风一吹，他的意识模糊起来，头脑也不清醒了。他知道自己是醉了，怕自己醉倒街头，就急忙站起来往家走。他已经走不稳路，身体摇摇晃晃的。

这时，有几个人迎面走来，看见他后就把他围了起来。林森迷迷糊糊的还没看清他们是谁，就被他们用外套套住了头，放倒在地，一阵暴风骤雨般地拳打脚踢。林森已经醉得不省人事，完全失去反抗的能力，只是蜷缩在地上苦苦挨着。有个人在他头部狠狠地踢了一脚，他脑子一懵，呻吟一声就昏死了过去。

不知过了多久，再次醒来时，林森头痛欲裂，胃里非常难受，嘴里都是白酒味，喉咙又干又痒，恶心想吐。他看了看周围，发现自己身处一个陌生的房间，玻璃窗正透着美丽的晨曦。他从自己躺着的粉色席梦思床上坐起，这才惊觉，自己只穿着内裤，而且满身青肿。他摸了摸额头，上面还贴着创可贴。他努力回忆昨晚的事，却只想起来自己喝了一瓶白酒，后来好像被人打了，再后来发生了什么，他就不知道了。

他看了看这个房间，满屋都是女生用品，正在疑惑这是哪时，房门轻启，高雨霞拿着他的衣服从外走了进来。她羞涩地向林森打招呼说："早上好，头还疼吗？我还以为你没醒呢。"

林森忙把裸露的上身缩到被子下面，望着高雨霞问："你怎么会在这里？这是哪啊？"

高雨霞边把衣服放在床头边说："你先把衣服穿上，然后出来，我在外面客厅等你，再跟你解释。"

说罢就转身出去了。林森忙穿好衣服，那衣服已被洗过，上面还透着一股淡淡的清香。他打开房门走了出去，外面有一条过道，过道两侧各有两个房门。他沿着过道往前走，就到了一个装修豪华的客厅。高雨霞正坐在客厅的沙发上，见他过来，忙把他领去一个卫生间，给他拿一次性的牙刷和毛巾，让他洗漱。

林森洗漱完毕，又被高雨霞领着来到了厨房隔壁。厨房隔壁是一间餐厅，正中间放着一张餐桌，上面摆着热豆浆、油条和煮鸡蛋。"坐下吧！我不知道你喜欢吃什么，就出去买了点油条，自己打了豆浆，还煮了鸡蛋，你吃点吧！"

高雨霞说着，将林森按到餐桌前的一张椅子上，给他盛了碗豆浆，然后坐到他对面，开始剥鸡蛋。

林森又问她这是哪。高雨霞回答说："你傻啊！这当然是我家了，你睡的还是我的床呢，害得我只好去我妹房里睡。"

林森听后有些尴尬，又问："我怎么会在你家？"

高雨霞抬头望了他一眼，问他："昨晚的事，你还记得多少？"

林森说："我只记得跟班主任吵架，然后被她赶出来。我在街上买了一瓶白酒喝了，然后我就醉了，想回家睡觉，这时来了一群人打我，再然后，我就什么都不知道了。"

高雨霞说："你还说呢，跟班主任顶嘴，跑出去喝酒，被人打。你知道打你的人是谁吗？就是曹达他们几个。我昨晚放学回来时，正好撞见，就大声喊人。他们一听就吓跑了，我赶紧去看你的伤势，当时你已经晕了，身上都肿着，头还被打流血了。我吓坏了，想把你送去医院，可又背不动你。幸好这时有个大叔过来，我请他帮忙，为了避免误会，就骗他说你是我哥，喝醉酒被人打了。他一听也愿意帮忙，背起你就去了医院。医生给你包扎好伤口，说你没有啥大碍，可能就是喝醉酒才晕的，睡醒就没事了。我付过钱，又想着不能把你送回家，不然没法跟你爸解释，也没法跟那个大叔解释，就想把你先带回我家。那个大叔还没走，我就跟他说我们爸妈都出去了，家里没人，只好再麻烦他把你背回家。大叔一听，二话不说就答应了，把你背来我家，没喝口水就走了。情况就是这样，你明白了没？"

林森点点头表示听明白了。高雨霞又说："还好这两天，我爸妈带我妹去伏牛山滑雪了，都不在家，不然，我可不敢把你带回来。"

说罢就把剥好的鸡蛋塞到林森嘴里，指着林森的衣服说："你昨晚衣服脏的很，我拿去洗了，你……"

说到这时，她意识到什么，忙住了口，满脸飞霞，低下头喝起自己的那碗豆浆。林森也一阵尴尬，拿起筷子夹起一根油条小口吃着，边吃

边偷瞄四周，见房间装潢很是美观。他听说高雨霞父亲在邻县开了一家
工厂，家里十分富裕，上次送她妹回来也没进来坐，今日一看方才知道
所传非虚，同时也奇怪以他们家的财力，为何还要屈居在这小镇而不搬
去城里。

第三十一章

　　吃罢早饭，林森帮高雨霞收拾好碗筷，便跟她一起出门去上学。两人刚走出高雨霞家的那个巷口，就意外地遇见了雨蝶，雨蝶瞥了林森一眼，冷笑着匆匆走了另一条路。

　　林森顿时心烦意乱，这时高雨霞开口问他："孟雨蝶怎么回事，你们不是关系很好吗？我看她最近都不来找你，你们吵架了？"

　　林森回答说没事，就是闹了点小矛盾。

　　高雨霞就劝他去跟雨蝶道个歉，还说女生一般都口是心非，也许心里已经原谅你了，但嘴上就是不说，要等你去跟她道歉。林森点点头，说自己明白了，却停下脚步不往前走了。高雨霞问他为什么不走。

　　他说："我头晕，不想上学，你到校帮我请假，我回家休息了。"

　　高雨霞说："这样也好，你的伤还没好，应该多休息。你回去吧！我到学校就替你去找校长，报告曹达他们打你的事，让他处理。"

　　林森却摇头说："你可别，这件事我想自己解决，你别管了，也别告诉别人，知道吗？"

　　高雨霞焦急地说："你自己怎么解决，你还想跟他们打架？林森，如果你拿我当朋友，就听我一句劝，别再这样下去了。你看你最近，变化太大了，我不知道你经历了什么事，让你变成了这样，但我求求你要克制自己，变回我以前认识的那个林森，好吗？"

　　林森听后沉默了一会，丢下一句"不可能了"，就大步流星的回家去了，留下高雨霞站在那里难过地望着他的背影。

　　林森回到家中，林国邦正在厨房里做早饭，他听见门响，知道是儿子回来了，正欲发火质问他昨晚彻夜不归的事，却见儿子额头还贴着创可贴，脸上也有些青肿，忙压下火气，跑来询问儿子的伤情。林森骗他说是昨晚放学后天黑路滑，他自己不小心摔倒了，一个同学跟他同路，就送他去了医院，包扎完伤口后又把他领回自己家睡。

　　林国邦听完林森这漏洞百出的解释，明知是骗他的，但他不敢再问下去，因为他知道问了也是白问，儿子不会说的，而且还很可能把他问发火，做出一些出格的事。他觉得儿子最近变化特别大，变得冷漠、暴戾，但他不知道这是怎么回事。他又看儿子一眼，问他吃过早饭了没。林森回答吃过了，还说自己头晕想睡，已经让那个同学给自己请了假。林国邦听后不知该说什么，只好让他回屋休息去了。

林森进入房间，脱去衣服躺下，不一会就睡着了。其间他做了一个噩梦，梦见自己跳湖自杀了，猛然惊醒，望望窗外，天空阴沉下来，黄云蔽日，冷风呼啸，再看看墙上的挂表，已是中午时分。这时林国邦进来叫他吃饭，他就起床穿好衣服。出来吃罢午饭，又休息了一会，他就出门上学去了。

走到校门口时，林森突然被几个曾经同班过的男生围住，这几个男生没头没脑地嬉笑着问他昨晚爽不爽。他以为这些人知道他昨晚被曹达他们打了，所以来取笑他，也不想多费唇舌，就闭口不理，分开他们，兀自进了校门。却又一路被认识的同学指指点点，他正在猜想这事怎么会闹得人尽皆知，这时一个男生冲他浪笑道："哟，大才子，挂彩了？是不是昨晚跟你媳妇运动太激烈了啊！"

林森不明所以，咬牙切齿地问他这话是什么意思。

那个男生冷笑道："你接着装吧，现在咱学校谁不知道你昨晚和高雨霞睡了，在她家呆了一夜！"

林森听后一阵吃惊，这才明白刚才那几个人的话，顿时怒火中烧，问那个男生这话是谁说的。那个男生不回答，转身欲走，却被他一脚踹翻在地，上前卡住脖子逼问到底听谁说的。

那个男生见林森满眼血丝，面目狰狞，吓得魂不附体，结巴着说："我也是……也是……听……听……听人说的……你……你……找她去……去吧……"

林森发狠道："谁？"

男生回答："孟……雨蝶……"

林森听后愣了片刻，放开那个男生，问他孟雨蝶在哪。男生答说自己刚才在操场看见她，现在也不知道她还在不在那。林森听后就丢下那个男生，朝操场走去。

林森穿过角门，看见雨蝶正独自在操场南角的篮球场上练习运球过杆。他快步走过去，厉声喝道："孟雨蝶！"

雨蝶转身望见是他，仿佛早就预料到了一般，冷笑着丢开手中的篮球，问他找自己干嘛。林森走到她面前，怒气冲冲地指着她的鼻子说："你什么意思？"

雨蝶一把甩开他的手，疾言厉色道："我什么意思，你自己清楚，你自己干了什么事，自己知道，用不着我来告诉你！"

林森用一双红眼盯着她："我干了什么事？我和高雨霞只是同学，你……"

"同学？"雨蝶打断他说，"你都在人家家里睡了，还说人家只是你同学。你以为我不知道，我告诉你，我亲眼看到今天一大早你从她家里出来。你别跟我说，你们什么事也没有！"

林森近乎咆哮地说："我们确实什么也没干，我没有你想象得那么脏！"

雨蝶听后冷笑了一下，回道："你也干净不到哪去……你就是一个道貌岸然的伪君子……你就是个畜生……你连畜生都不如……我彻底看清你的真面目了……有种你就说你对我没做那些事，你就说你脖子上的戒指不是那个经常在校门口等你的女孩送的，你就说你没和周风扬他们称兄道弟喝酒玩乐，恐怕他做的那些事也是你教他的吧……你说啊！你看着我的眼睛说啊……"

林森听后感觉有一盆冰水从他的头顶浇下，把他的怒火都浇灭了。他轻轻地问雨蝶："你都看见了？"

雨蝶的泪水夺眶而出，点着头说："对！我什么都看见了，你别再装下去了，拿下你的假面具吧！我要让每个人都知道，你是一个多么无耻、多么脏的人！"

林森听后也点了点头，又问道："你相信你看到的？"

雨蝶仰天狞笑了一声，说："我为什么不信？你来给我一个不信的理由……你给我啊……给吧……我……求……你……"

　　说到最后泪流满面，变成苦苦的哀求，好像只要林森给她解释了，她就能原谅林森一样。

　　林森看着她的样子有些心疼，想开口说些什么，但又想到高雨霞，他就不再开口了。他注视雨蝶了片刻，又抬头望了望天，干涩涩的，眼中一点泪花也没有。他转身低头，慢慢地走过操场，穿过已经被看热闹的同学堵住的角门，在众人的指点和非议下走进教室，扫视一周，见高雨霞不在，就坐到自己位置上发起呆来。

　　这时，班主任铁青着脸走过来，让他跟自己去办公室一下，林森抬头瞥她一眼，说道："我不想去，你有什么事就直接说吧！"

　　班主任强压住怒火，低声问他外面那些传言怎么回事。林森淡淡地说："这是我的事，跟你们没关系，我自己会处理。"

　　"可你丢的是我们班的脸，我们学校的脸！"

　　班主任丝毫不在乎周围的学生，对着林森大喝。林森冷笑一声，轻蔑地说："嫌我丢脸？开除我啊！"

　　班主任被气得说不出话，咬着牙说了声"好"，就转身出去了。林森回头看了看教室里的同学，还是没看见高雨霞，就又趴在桌上发起呆来。

　　几分钟后，班主任又回来了，手里还拿着一张文件让林森签字。林森看了一眼，是休学申请书，上面贾校长已经签过字了。他知道一切都不可挽回了，就默然提笔签上了自己和父亲的名字，然后长长地吐了口气，站起身，在同学们的议论声中走出了校门。

　　林森没地方可去，只好回家，路过一条小巷时，看见高雨霞正独自坐在路边埋头啜泣。林森喊她了一声，她抬起头看见林森，就站起身朝他走来。

　　"你没事吧？"

　　林森本来以为高雨霞肯定会大骂自己，结果却接到她这样一句话，顿时感觉心里有了一丝暖意。

　　"我爸妈都会相信我的，关键是你，我刚才跟别人解释，他们都不相信，我不好意思进教室，就直接跑来这里躲着。而且我知道你放学会路过这里，我打算一直等到放学，好跟你聊聊。孟雨蝶太过分了，咱们现在怎么办？"

高雨霞说罢，用一双泪眼紧盯着他。

林森原本干涩的眼睛终于湿润了，泪光中，他第一次看清了这个和他同班多年，而他却从未关注过、在意过的女孩的面容：那小而圆的脸庞，那白而滑的皮肤，那大而亮的眼睛，那翘而挺的鼻子，那浅而甜的酒窝，以及那开口时露出的两排洁白整齐的牙齿，那微笑时眼睛下边聚起的两道淡雅迷人的卧蚕，都无不在向外透露着一个信息——这是个多么可爱、多么善良的女孩，像一只春光明媚的山谷溪流旁迎面走来的小鹿，像一只水平如镜的湖边被自己在水中的倒影吓坏了的小熊，像一只在雪地上陪着小孩子翻滚玩耍的小狗……

林森一把将眼前的这个可爱的女孩揽入怀中，紧紧抱住，哽咽着在她耳边轻轻说了一句"会有办法的"，然后放开双臂，帮她把眼前的一缕秀发拢到耳后，对她微笑一下，转身欲走。

"林森，对不起，这件事都是我造成的，如果我不让昨晚那个大叔把你背回我家，那就不会有这些事。我挺后悔的，我当时应该让他把你背回你家的。我当时一时糊涂，才那样做的，因为我其实……很喜欢你……从我们第一次同班开始……你从来没有注意过我，我就想着把你救回我家，你会感激我，会注意我……都是我的错……我对不起你……"

林森听见高雨霞在他身后说道，愣了一下，但他没有回头。

"你没有对不起我，而我对不起的人已经很多，不想再多你一个。你说的我都明白，我不会对不起你的！"

他想这样回复高雨霞，可终究忍住没有说出口。他抬头望了望天，湿湿的，暖暖的，像是聚着一洼刚流出的眼泪。然后他抬起脚步，快速走了。路上，他吞声而泣，泪水如决堤的洪水滔滔而下，对路人的指点和非议他都毫不在乎，一直哭到家门口。

第三十二章

    家里，林国邦正坐在院子里洗衣服，见林森哭着进门，忙问他怎么了。林森甩下一句被学校开除了，就进了自己房间，反锁了房门。林国邦去敲门，想细问一下情况，林森却躲在房间里不作回答。林国邦没办法，只好亲自去了学校，到办公室找贾校长探问缘由。

    贾校长把事情始末给他讲了一遍，最后又说："这个我也没办法，为了学校的声誉，我只能这样对他。这事虽小，可传出去却不好听啊！他们这种年龄，十分容易经不住诱惑而误入歧途，一失足成千古恨。他们这事在学校里传得沸沸扬扬的，说啥恶心话的都有，造成的影响极其恶劣。他们的班主任去找林森了解情况，他却拒不配合，还说学校有本事就开除他。我搞教育这么多年，从来没见过这么嚣张的学生，也是以前我们太宠他了。现在我明白，一个学生首先还得品德好，品德不好，成绩再好也没用。好了，这事已经这样决定了，开除他，我现在还要去开个会，讨论一下如何消减这件事造成的不良影响，你自便。"

    贾校长说罢就要出去，林国邦忙拉住他衣袖，扑通一声跪到地上，流着泪哀求他说："校长，我想你能明白我们这些当父母的。我求你别开除他，你这样等于是毁了他一辈子啊，我求你了！"

    贾校长顿时慌乱不已，忙要拉他起来，劝他别这样，让别人看见也不好。林国邦却死死地跪在地上不起来，扬言如果学校不让他儿子再来上学，那他就跪在这里不起来。贾校长被他逼得很是气愤，挣开他的拉扯，说了句"随便你跪多久！"，就大步出了办公室。

    林国邦不甘心，就一直在那跪着。半个多小时后，贾校长回来看他还在，也是一阵无奈，长长地叹了口气，松口道："你起来吧……俗话说的好，上梁不正下梁歪，有你这样的家长，才会有林森这样的学生。算了，我刚刚去和那个当事的女生谈，她给我们讲了事情的始末，错不全在林森身上，但他还是要负很大的责任。我们决定再给他一个机会，你现在去把他找来，让他立个保证，我就让他继续上学。不过，他以后得老实一点，再敢像以前那样，我就不会再给他机会了。你去吧！我要去调查这件事是谁最先传的，好好整治一下谣言，尽力平息下来。"

林国邦听后感激涕零，站起来拉着贾校长的手连声道谢。贾校长摆摆手说："好了好了，你快去找他来吧！我也得去忙了。记得告诉他，这是他最后一次机会了，让他好自为之！"

林国邦点头哈腰，说自己会好好教育他的，然后辞别校长，擦干眼泪，出了学校。

冷风尖叫，黄云漠漠。林国邦在回家的路上一路狂奔，心中满是喜悦。他没有想到，林森这时已经离开了家，去了河边。林森去那是想自杀的，他穿过芦苇荡，登上了那个半岛。令他没有想到的是，他竟然在那里遇见了几个月前拦住豆豆、逼她学歌的那个疯乞丐。那个疯乞丐正坐在池塘边的樱树下唱着雨蝶和雪雁都会唱的那首歌。

"莫非雨蝶和雪雁的歌都是他教的？"

林森突然想起这个，觉得自己很有必要在临死前问清楚这件事，就上前和那个疯乞丐打声招呼，问他为什么会唱这首歌。

疯乞丐这时好像不疯了，望着水面回答道："这《樱花曲》，是我写的，这樱花树，是我栽的，都是我的，都是我的……"

"你为啥要到处教小女孩唱这首歌？"林森又问。

"为啥？对啊，为啥呢？"疯乞丐努力回忆着，突然想到什么，开口道："我以前在学校就是教孩子们唱歌的，他们见我都要喊老师好。我女儿云樱，我都教会了，她们和我女儿差不多大，长得也像我女儿，她们也应该会，应该会唱……"

"那你女儿呢？"林森问。

"我女儿？我女儿叫韩云樱，她去哪了呢？我都好多年没见她了，她去哪了呢？噢，我想起来了，她死了，被车撞死了，死了，死了，她再也吃不到她爱吃的鸟蛋了……"

疯乞丐说这些话时傻笑着，看不到一丝悲伤。

林森听后沉默了，疯乞丐却自顾说着："我女儿死后，我媳妇也不要我了，她跟我离了婚，走了。她不要我了，那正好，我也不想要她。

她根本就不想要我，她心里想要另一个男人，可那个男人不要她，那个男人要了另一个女人，不要她，所以她没人要才给了我。这我都知道，她心里不想要我，所以我们才吵架。可我们不该吵架的，要是不吵架，我女儿就不会一个人溜出去玩，不出去玩，就不会被车撞死。我不想要她，我只想要我女儿，要我女儿……我一直想找到那个引发我和我媳妇吵架的男人，要他赔我女儿，可我就是找不到他，我找不到他……找不到……我连他的名字叫啥都想不起来了……"

疯乞丐说着就开始挥拳打自己的脑袋，好像这样能让他清醒一点似的。

林森一阵悲伤，不由想起了自己的母亲。他从脖子的红绳上解下雪雁临走时赠给他的那枚戒指，递给疯乞丐，问这是不是他的。

那个疯乞丐接过戒指，仔细看了看，又思索了片刻道："这不是我的，是我媳妇的。不对不对，这也不是她的，是那个她想要的男人送给她的。对对对，就是那个男人送的，这上面好像还刻着三个字……"

林森不禁同情起这个疯乞丐来，却把自己来这自杀的事暂时抛到了脑后。他在疯乞丐的旁边坐下来，默默地望着眼前的池面。他觉得自己跟着这个疯乞丐去流浪也行，像他一样疯傻了更好。忘掉一切，到处流浪，多美好的生活啊！

疯乞丐手里把玩着那枚戒指，脸上泛起一脸傻笑，他问林森来这儿干什么，是不是找鸟蛋，说着从背后拿出了几粒鸟蛋给林森看。

林森惨笑一下，轻轻地回答说："我原本是来这跳河的……"

疯乞丐听后丝毫不觉地惊讶，又问林森为什么要跳河。

林森说："因为我不想再见我爸，还有另外一些人。"

疯乞丐问："你爸是不是坏蛋，你为啥不想看见他？"

林森苦笑一下，侧过头盯着疯乞丐说："我爸是个十足的好人，也是个十足的坏蛋，他叫林国邦……"

林森刚说完这句话，疯乞丐脸上的傻笑瞬间就消失了，像狂风吹落秋叶一样，迅捷地换上一脸狰狞的笑容。

林森还没明白过来发生了什么事，就被他张开双臂紧紧箍住身体，滚进了池塘里。林森拼命地想要挣脱疯乞丐，但疯乞丐却死死地卡住他的脖子，把他的头往水里按。

慌乱中，他隐约听到那个疯乞丐在喊："林国邦……我想起来那个名字了，就是林国邦……你是林国邦的儿子，正好赔我女儿云樱的一条命……"

疯乞丐力量奇大，林森挣脱不开，没多久就失去意识，命归黄泉。那个疯乞丐把他的尸体拉到岸边，拖进芦苇丛里，然后又换上一脸心满意足的傻笑，坐到樱树下，继续唱起了歌。

他想象池边春天时樱花纷飞的情景，如果能在那时候来到树下，靠着树干睡一觉，做一个开心的梦，那一定很美好……

尾声

    林国邦从学校跑回家中，迫不及待地要把那个好消息转达给儿子。

    到家后，他见房门洞开，物品书籍散落一地，顿觉心惊，忙冲进儿子房里。林森却已不知去了哪里，但见房间地下一片狼藉，书架被推倒了，床上的被子、枕头杂乱的堆在屋角。床头一堆灰烬，其中还残存着那本《红楼梦》的硬质书皮。林国邦看着这些，感觉哪里不对，猛一转身，见墙壁上那副对联已被撕去，取而代之的是四行墨迹未干的黑色大字：

        唯有一死，
        能证清白。
        若有来生，
        不愿为人。

    黑字触目惊心，林国邦撒腿向外跑去，大步如飞。他一路见到在路边摆摊卖东西的生意人，就问有没有看见一个十五、六岁的男孩过去，就这样一路问一路走，一路走一路找，那一个个肯定的回答像是一条条神灵的指引，指引他来到了河边。

    大河汤汤，天地苍茫，寒雾锁着河畔的芦苇荡。一只水鸟惊起，嘶鸣一声，朝上游飞去。林国邦站在河边的巨石上，极目四望，却怎么都看不见林森的身影。这时，一阵歌声飘来，慌乱失神的他竟将这声音错听成了儿子的。

        夕阳醉落霞妩媚，
        晚风吹寒鸦欲睡。
        沉迷河畔，
        我痴恋你的美，

《飞花之梦》

一树樱花，

在暮色中飘飞。

樱花飞，谁的泪？

花飞泪落随流水，

流落天涯终不悔，

生死也相随。

樱花飞，谁的泪？

花飞泪落如流水，

一曲欢歌一曲悲，

余生共回味。

这歌声令林国邦心中的希望之光瞬间被点亮，他循声向前，穿过芦苇荡中错综复杂的小路，来到了那片凸入河中的半岛上，却只看见一个坐在树下傻笑着唱歌的乞丐。那乞丐全身湿漉漉的，还在滴水。

林国邦失望不已，却又不肯放弃，走上前去，问乞丐道："你有没有见一个十五、六岁的男孩，头发长长的？"

乞丐止住歌声，看他一眼道："见了。"

这两个字让林国邦再次看到希望，忙问那个乞丐，男孩去哪了。

乞丐指着前方的池塘说："跳下去了。"

林国邦心里一惊，断然回首，却见池面空空，没有儿子的影子。这时那个乞丐又指着池塘左边的芦苇丛说："别找了，我帮你把他捞上来了，在那呢！"

林国邦听后，忙跑去他指的那里拨开芦苇查看，这一看之下，顿时脚下一软，瘫倒在地。只见儿子躺在那，全身透湿，面如白纸，已经没了呼吸。

"我在这附近找鸟蛋，听见池子里有水声，以为有鸟在抓鱼，就过来看，却看见这个孩子。当时他就不行了，我下水把他捞上来了。水冷得很，不行了，我得找个地方点堆火，烤烤我这衣服。你把他带走吧！看看还有没有得救……"

乞丐傻笑着说，说罢就转身头也不回地走了。

林国邦抱起儿子冰凉的尸体，无助地望一眼黄云堆积的天空，叫出了一声痛彻心扉的哀号：

啊……

2012 年 4 月 24 日初稿
2016 年 10 月 3 日二稿

作者介绍

谢路，中国青年作家，作品风格受中国古典文学和欧美当代文学影响较深。文笔清新流畅，语言优美诗意，场景构造师承电影剧本。作者擅长对书中女性角色的全面刻画，以及对自然风光的诗意描绘，作品适合爱好文艺的读者阅读。

《飞花之梦》是作者中学时期创作完成的一部长篇小说，另著有长篇小说《星辰之泪》、《云端之歌》和《只愿你好》。